ベリーズ文庫

S系外科医の愛に堕とされる激甘契約婚
【財閥御曹司シリーズ円城寺家編】

一ノ瀬千景

STARTS
スターツ出版株式会社

目次

S系外科医の愛に堕とされる激甘契約婚
【財閥御曹司シリーズ円城寺家編】

プロローグ

好きな男性のタイプは穏やかで紳士的な人。大嫌いなのは……偉そうな俺さまタイプ。

大きなベッドに私を組み敷いた彼が言う。

「で、どんなふうに抱かれたい？　可能な限り、ご要望に応じてやるよ。——奥さん」

その声は重みがあって、身体の奥深くに響く。

はらりと流れる漆黒の髪、男らしく少し焼けた肌、日本人離れした彫りの深い顔立ち。カーテンの隙間から差し込む西日に照らされた、引き締まった肉体。

（黒豹みたい……）

スッとこちらに向けられた眼差しなど、まさに獲物を狩ろうとする猛獣のそれだ。

円城寺《えんじょうじ》柾樹《まさき》、二十八歳。職業は外科医師。今はまだ現役でメスを握るが、将来的には世界に羽を広げる医療財閥、円城寺グループの総帥となる男。

地位、名誉、医師としての才能、そして圧倒的なまでの美貌。すべてを兼ね備えた彼は、今日、和葉《かずは》の夫となった。

「ほら。いいかげんに覚悟を決めろ」

意地悪な笑みを浮かべて、柾樹は膝を進める。ふかふかのマットレスが彼の動きに応じて沈んだ。

あらがえないことは承知のうえで、和葉はフイと顔を背ける。

「——ど、どんなふうにも抱かれたくないです」

より正確に表現するならば、抱かれてしまったそのあとが怖いのだ。底なし沼に片足を踏み入れるような恐怖心があった。

（だって、私はあなたの本心を知ってるもの）

目の前の男にハマってはいけない、そのことはよく理解しているつもりだ。

望月《もちづき》和葉は祖父とふたりで、老舗料亭『芙蓉《ふよう》』を切り盛りする二十五歳。

身長は日本人女性のちょうど平均、スタイルも平凡と言われればそのとおりだけど、健康的で悪くないと思っている。鎖骨にかかる長さのふんわりとした焦げ茶色の髪、丸い頬、ぱっちり二重の大きな目。童顔で決して美女ではないけれど、芙蓉の常連客からは『愛嬌があるよ』と褒められる。

そうはいっても目の前の彼とは到底釣り合いの取れない、ごくごく普通の人間だ。

（円城寺家なんて、一生、かかわり合いになることはないと思ってたのに……）

人生はなにが起きるかわからないものだ。

「抱かれたくない、か。それはできない相談だな」

柾樹はニヤリと鷹揚に笑ってみせた。その余裕綽綽ぶりが余計に悔しい。

「お前は俺の妻になったんだ。俺は妻を愛したいと、最初からそう言っているだろう」

「――それはっ」

柾樹はずるい男だと思う。彼の言う『愛したい』はおそらく精神的な意味ではない。跡継ぎのため――つまり、身体の関係をさしているのだろう。

(そういう契約だからと、はっきり言ってくれればいいのに)

和葉はある目的があって、彼の妻になった。自分たちは愛情で結ばれたわけではなく、利害の一致で結婚を決めた。跡継ぎを産む努力をすることも契約条件のひとつだ。彫刻のように美しい顔。長い睫毛に縁どられた黒い瞳が、甘やかに細められる。彼のような男は苦手だったはずなのに、どうしてか目が離せない。

長い指が和葉の顎にかかり、クイと持ちあげられる。

「心配するな。すぐに、その気にさせてやるから。俺を拒める女はいないよ」

自信たっぷりに迫られ、和葉の身体は緊張でこわばる。

「円城寺さん。やめっ――」

「柾樹でいい。そう呼べ」

熱い唇が触れる。強引な言動とは裏腹な優しいキスだった。ゆっくりとうごめく舌先が和葉の緊張をほぐし、身体を甘く刺激する。

「んっ」

大きな手に頬を撫でられ、吐息が漏れる。その瞬間を逃さず、彼の舌が和葉のそれをからめとる。呼吸が……浅く、早くなっていく。

「やっぱり、キスの相性は悪くない。この先はどうかな？」

キャメル色のブラウスのボタンを彼は器用に外していき、和葉の素肌をさらす。肩口に唇を押しつけられ、上半身がびくりと跳ねた。鎖骨から胸の谷間へと、彼は舌を這わせていく。

柾樹はかすかに笑って、和葉の耳元に顔を寄せた。

「和葉の身体、ちゃんと熱くなってきた。言ったとおりだったろ」

「き、気のせいです！　自意識過剰なんじゃないですか？」

ついムキになる。

だって、彼に恋をしているわけじゃない。それどころか、人間性にはまだ疑いを抱いていた。

だが、和葉がどれだけかわいげのない発言をしても彼は楽しそうな笑い声をあげるばかりだ。

「なんで笑うんですか」

「おもしろいから。——いいよ、じっくり時間をかけて溶かしてやる」

のしかかってくる彼の重みは、悔しいけれど不快ではなくて……与えられる快感と意地の間で和葉は揺れ続けた。

たとえ、この身体が彼の手に堕ちても、心だけは奪われるまいと必死になる。

(この男性《ひと》を好きになったりはしない、絶対に)

一章　ためしてみようか？

ふたりが初めて身体を重ねたその日から、さかのぼること三か月。

東京は梅雨入りしたばかりの六月初旬。神田《かんだ》の地に長年店を構える、料亭芙蓉の小さな中庭では紫陽花が見頃を迎えていた。絹糸のような小雨のなかに、薄青の花がけぶる。

陽光に輝く紫陽花も美しいが、やはりこの花には雨模様が似合う。

「うん、今年も綺麗に咲いてるわね」

個室へとつながる廊下から中庭を眺め、和葉は満足げにうなずいた。

芙蓉の創業は大正時代で、この近辺では老舗と呼ばれている。多店舗展開や流行りのオンラインショップなどにはいっさい手を出さず、この店のみを実直に守り続けていた。

オーナー兼料理長は、和葉の祖父である望月育郎《いくろう》。齢《よわい》七十になったが、まだまだ矍鑠《かくしゃく》としている。料理人はもうひとり、育郎が取った唯一の弟子である二十八歳の安吾《あんご》。彼は近くにアパートを借り、通いで来てくれている。

仲居を務めるのは和葉とパートの登美子《とみこ》だ。登美子は五十七歳で、もう孫もいる。二十年近くも芙蓉で働いている大ベテランだ。

完全予約制で、カウンター席と個室が三室しかない小さな店なので四人で十分に回せていた。歴史もあるし、なにより育郎の出す料理の味は格別なので客筋はいい。常連には政財界の大物なども多くいる。

今、和葉が接客を担当している『藍の間』で会食をしている久野《くの》家も、誰もが知る医薬品メーカーを経営する名家だ。とくに、令嬢の沙月《さつき》が芙蓉の味を気に入ってくれていた。

今日の久野家は、その沙月の縁談で店を訪れている。ハレの日に芙蓉を選んでもらえるのは本当にありがたいことで、接客にもいつも以上に気合いが入る。

(それにしても、縁談相手が沙月さんとは……相手の男性は幸運ねぇ)

沙月は大和撫子を絵に描いたような女性だ。楚々とした美貌と優しい心根。同性の和葉でさえ、会うたびに虜になってしまう素晴らしい人なのだ。

「失礼いたします。甘味をお持ちしました」

そう声をかけて、藍の間の襖を開ける。

(ん?)

どことなく場の空気がピリピリしていることを感じ取ったが、もちろん顔には出さない。いつもどおりに、全員にコースの最後の一品である甘味を提供していく。

紺色の地に百合が描かれた晴れ着に身を包んだ沙月は、見とれてしまうほど美しいが、その表情は硬い。

彼女の正面に座る男性は、沙月に負けず劣らずの美貌の持ち主だった。仕立てのよさがよくわかるダークグレーのスーツをさらりと着こなし、庶民にはとても手が届かない高級ブランドの時計も決して悪目立ちしていない。

生まれながらの、選ばれし人間。全身からそんなオーラを漂わせる男だった。

『本日いらっしゃる円城寺さまって、やっぱりあの円城寺家なのかしら』

朝の登美子の台詞が耳に蘇る。長くこの店で働いている登美子は、普段は客の素性をことさらに詮索したりはしないが……そんな彼女でも〝円城寺〟の名には少し驚いた様子だった。それは和葉も同じだ。

医療財閥円城寺グループは国内のみならず、世界でも広くその名を知られた存在だ。

全国にいくつもの総合病院を有しており、海外病院との連携にも積極的。病院経営のみならず、製薬会社・医療機器メーカー・エステや化粧品などの美容関連企業・研究開発のための大学まで傘下に持っている。医療にかかわる業界すべてに、絶大な影響力を持つ巨大企業グループだ。

その円城寺一族の人間ともなれば、彼が放つこれだけの存在感も納得だった。

久野家も歴史ある医薬品メーカーの創業一族、釣り合いの取れた素晴らしい縁談なのだろう。

(当人同士も美男美女でとってもお似合い……なのに、どうして微妙な雰囲気なのかしら)

野次馬根性でちらりとそんなことを考えながら、和葉はその場を辞した。が、襖を閉める寸前に室内の不穏な声を聞いてしまった。

「──残念ながら、これっぽっちも興味をそそられませんね。彼女のような、いかにもお嬢さま然とした女性には」

美貌の男が放った台詞に耳を疑った。

(え？　今のって、沙月さんに言ったの？)

「そ、そんなっ」

落胆の声をあげたのは久野家の主人。偉ぶったところのない人格者だ。和葉は思わず、閉めかけた襖の隙間から様子をうかがう。

男は悪魔のような笑みで、容赦なく言い放つ。

「そういうわけなので、この縁談はなかったことにしましょう。彼女を妻にする気にはなれませんから」

「……円城寺さん」

沙月の声は震えている。

次の瞬間、ふいに男の目が和葉のいる襖へと向けられた。和葉の存在に気がついたわけではなさそうだが、盗み聞きは料亭の従業員にあるまじき行為だ。我に返って、急いで身をひるがえす。

早足で廊下を進み、厨房の手前まで来たところでようやく息をついた。

（とんでもない失礼をしてしまった。それは反省するけれど……でも！）

和葉は思いきり顔をしかめる。店を贔屓にしてくれて、自分たち従業員にもいつも親切な沙月があんなふうに貶められている場面は、できれば見たくなかったのだ。

（沙月さんのどこが不満なわけ⁉　ちょっと、じゃないけど……大金持ちで、顔がいいからって……）

「――感じの悪い人」

「誰が？」

ぽつりとこぼしたひとり言に思わぬ返事があって、和葉はギョッとする。振り返るとそこに、たった今〝感じの悪い人〟だと思った沙月の縁談相手がいた。

彼はまさしく感じの悪い笑みを浮かべて、和葉に顔を近づけた。

「もしかして、俺のことか？」

(なんで彼がここにいるのよ？　あ、化粧室か)

客用の化粧室は厨房入口のすぐ横にある。

質問に答えられないでいると、彼はクスクスと笑い出した。

「けど、老舗料亭の従業員が客のやり取りを盗み見るのも、かなり悪趣味だよなぁ」

どうやら、和葉の存在に気がついていたらしい。

これについては反論の余地もないので、素直に頭をさげた。

「大変、ご無礼をいたしました」

「まぁでも、ここの味は気に入ったよ。とくに焼物は絶品だった」

「お、恐れ入ります」

今日の料理のなかでは、育郎も焼物の『鮑《あわび》のうに焼き』が一番のオススメだと言っている。悔しいが、舌は確かなようだ。

「……沙月さんも、うちの焼物はおいしいと、いつも褒めてくださいますから」

つい口走ってしまってから、さすがに当てこすりが過ぎたかと慌てて口をつぐむ。

彼は皮肉げに唇の端をあげた。

「なるほど。常連客である彼女に害をなす人間は、二度と来るなとでも言いたそうだな。けど――」

彼は手を伸ばし、和葉の顎をクイと上向かせる。

「俺が誰か、知っているのか？　円城寺柾樹、上客にしておいて損はない人間だと思うぞ」

意地悪を楽しむような目が和葉を見おろしている。

「今ならまだ間に合う。ほら、媚びを売ってみたらどうだ？」

握り締めた和葉のこぶしが震える。

（――こ、ここまで最低な人には初めて会ったわ）

仕事柄、上流階級の人間と接する機会は多い。地位にふさわしい内面を持つ、尊敬できる人物はたくさんいる。沙月などはまさにそうだ。反面、どんなに立派な肩書きでも、中身はちょっと……という人間もやはり存在する。

（この人みたいにね！）

目の前の男は、これまで出会ってきたなかでも一、二を争うレベルで傲岸不遜だった。和葉はキッと柾樹をにらみつける。

「うちが売るのは、味と接客サービスだけです。媚びは売っておりません！」

　円城寺家がどういう存在かは、もちろん理解している。上客になってもらえたら店としても得るものは多いのだろう。だが――。

（おじいちゃんも私と同じことを言うはずよ。プライドを捨てたら、芙蓉が芙蓉じゃなくなるもの！）

　彼の瞳に純粋な驚きが浮かぶ。若い女にこんなふうに反抗されるのは、初めてなのかもしれない。それから、柾樹はじっと和葉を見つめた。心の奥深くまで見透かされてしまいそうな眼差しだった。

（どうして、そんな目で見るの？）

「ふぅん」

　彼はかすかに頬を緩めたかと思うと、ふいに顔を近づけてきた。まるでキスするかのような距離感にたじろいでしまう。鼻先が触れ合うところで動きを止め、ささやいた。

「またな」

　くるりと踵を返して化粧室に入っていく後ろ姿を、和葉は呆然と見送った。

（な、なんなの!?）

男性とあんなに距離が近づいたのは初めてのことで、心臓がまだバクバクと騒いでいる。深呼吸をひとつして、心を落ち着けようとした。

（また……なんて言っていても、きっと二度と来ない。もう会うことはないわ）

会話した記憶をすべて消し去ってしまいたいと思うほど、嫌なやつだった。もっとも苦手とするタイプの男性だ。

忘れてしまえ。そう自分に言い聞かせれば言い聞かせるほど、脳裏に彼の嫌みったらしい笑みが蘇る。

「もうっ」

和葉の口から、思わずそんな声が漏れた。


沙月と柾樹の縁談がどうなったのかはわからないが、表面上は何事もなかったかのように両家は店を出ていった。

（沙月さんが心配だけど、私が口出しできる問題じゃないものね）

あの男も言っていたとおり、客のプライバシーに干渉するなど言語道断だ。

今日の昼はこの予約だけだったので、夜の仕込みまでは少し休憩ができる。一度自宅に戻ろうと、和葉は外へ出た。店は二階建てで、二階部分に育郎と和葉の生活スペースがある。そちらへ行くには外階段をのぼる必要があるのだ。

ちょうど雨があがり、雲の切れ間から太陽が顔を出していた。雨粒がキラキラと輝く紫陽花は見事だが、よく見ると庭のあちこちに手入れ不足が気になる部分があった。

(そろそろ生け垣の刈り込みをお願いしないとダメね。節約して頻度を減らしたいと思っていたけど、やっぱりきちんと管理しないと……)

味には絶大な自信を持っているけれど、客が高級料亭に求めているのは味だけではない。細やかな接客、上質で落ち着いた空間。それらが生み出す安心と信頼に、客は高い金を払ってくれるのだ。

和葉は小さくため息をついた。

(となると、これ以上どこを節約したらいいんだろう)

料亭だけの話ではないが、飲食店の経営は決して簡単ではない。多店舗展開の大企業にでもならない限りは、そう儲けの大きい商売ではないからだ。

この国は長引く不況に喘いでいるし、接待・縁談・結納といった高級料亭の出番は時代の流れで減る一方だ。

芙蓉の財政状況も楽ではない……どころか、白状すればかなり厳しい。数年前に、どうしても必要な耐震補強工事のために銀行から借りた金の返済に苦心していた。

（おじいちゃんは気乗りしないみたいだけど、やっぱりなにか新しい事業のアイディアを出さないといけないのかもなぁ）

経営が順調な同業者は、冷凍の総菜を全国の百貨店で販売したり、リーズナブルな業態を始めてみたりと、時代に合わせて柔軟に対応しているように思う。

（でも、芙蓉の味を守れなくなったら本末転倒だし……難しいわ）

これについては育郎や安吾と幾度も議論を重ねているが、堂々巡りでなかなか結論は出せない。

「和葉お嬢さん！」

ハリのある快活な声に呼ばれて振り返る。店から出てきた安吾がこちらに向かって駆けてくる。

「安吾くん、おつかれさま」

瀬戸内《せとうち》安吾は十八歳のときから、もう十年も芙蓉で働いてくれている育郎の弟子だ。

奥二重の涼しげな目元。やや三白眼気味のせいか黙っていると怖そうに見えるが、笑顔は案外と人懐っこい。料理人らしい額を見せた短髪も、白い板前法被もとてもよく似合っている。

「あぁ、やっと晴れましたね」

隣に立った彼は、空を見あげて顔をほころばせた。

「うん。梅雨だから当たり前だけど、このところ雨続きだったものね」

『お嬢さん』などと呼び、敬語を使ってくれているが、和葉にとって彼は兄のような存在だった。どんなときも優しくて、頼りになる。

（昔はかなりヤンチャだったって話だけど、今は全然そんな雰囲気は感じさせないもんね）

安吾はあまり家庭環境に恵まれず十代前半の頃は荒れに荒れていて、警察の厄介になったことも一度や二度じゃないそうだ。けれど和葉の知る、芙蓉に来てからの彼は仕事熱心な努力家だ。育郎も、彼の熱心さと筋のよさには期待をかけていた。

育郎は料理に関してはいっさいの妥協を許さない人間で、和葉も一時期は彼の指導で和食を習ったのだが、『う～ん。和葉は家庭料理と接客専門だな』とばっさり結論づけられてしまったくらいだ。

はっきりと口にしているわけではないけれど、育郎はいずれ店を安吾に任せるつもりでいるのだろう。人柄も料理の腕も、彼ならば安心だと和葉も思っていた。

「それにしても、さっきの……円城寺のお坊ちゃんはとんでもないイケメンでしたね」

「え～、そうかなぁ」

顔をしかめると、それを見た安吾が意外そうに目を丸くした。

「お嬢さんの好みではなかったですか？　俺は俳優でも来たのかと、びっくりしましたけどね」

「まぁ顔はかっこいいけど……なんとなく雰囲気とか」

沙月への失礼な態度の件はもちろん話せないので、モゴモゴと口ごもる。

安吾は「ははっ」と声をあげて笑った。

「あのレベルの男でもお眼鏡にかなわないとなると……お嬢さんが恋人を紹介してくれる日は、だいぶ先になりそうだ！」

「安吾くんだって。モテるくせに、ちっとも彼女を紹介してくれないじゃない」

見た目も中身も男らしいし、彼は間違いなくモテるだろう。育郎や和葉には言わないだけで、恋人くらいはいるのだろうと思っているが……。

安吾はどこか意味ありげにニヤリと笑ってみせた。

「そういうのは一人前になってからと思っています」

「もう十分に一人前の料理人だと思うよ。この前の試作品も最高においしかったし」

営業の隙間時間に、彼はよく育郎に提案するためのメニュー開発などを行っている。

和葉と登美子は試食担当なのだ。

「本当ですか？　あれは見た目の華やかさのわりに原価が控えめなんですよ。師匠には、原価がどうとか考えすぎるなと言われそうですが」

　安吾は苦笑いで顎を撫でた。

「ごめんね。おじいちゃんは本当に味のことしか考えない根っからの料理人だから。でも、店の経営はそれだけじゃ立ち行かないし」

「利益が出なきゃ商売は続かないですからね」

　そう、儲けは大切だ。さらに継続的でなくてはいけない。

「将来を考えると、若いお客さまにもアピールしたいな」

「若い層……であれば単品のランチメニューですかね？　師匠がまかないに作ってくれる親子丼とか、人気は出そうですが」

「でも、ビジネスマンが慌ただしくランチする店になっちゃうと、常連さんが離れてしまいかねないし……もっと、若い女性やカップルがちょっとした贅沢に利用してくれるような……いいホテルのアフタヌーンティーみたいな！」

　無茶な提案だったのか、安吾はパチパチと目を瞬いている。

「って、うちは和食の店だもんね。さすがにおかしいか」

　和葉がしゅんとすると、彼は即座に首を横に振った。

「いや、着眼点はすごくいいと思います。うん、アフタヌーンティーか。ちょっと練ってみますよ」

「本当？　じゃあ私も、もっとしっかり金額設定とか検証してみる」

「はい！」

職人気質の育郎は決して経営上手な人間ではない。芙蓉は、育郎の味を安吾と和葉と登美子が必死に支えることで成り立っている店なのだ。とくに安吾の貢献は大きい。

「料理が上手で、経営のことも考えられて、すごいよ」

素直に褒めると、安吾は照れたように笑う。

「いやでも、経営はほかの誰かでもできるかもしれないけど、師匠の味は師匠にしか出せないですから」

「——ありがとう、安吾くん」

彼がわかってくれていることがうれしかった。

（結局、私が誰よりもおじいちゃんの料理のファンなんだよね）

「俺も、いつかはそんな料理人になりたいと思ってます」

「なれるよ、安吾くんなら」

ふたりは和やかにほほ笑み合った。

「円城寺家がリピーターになってくださったら、うれしいですね。あの家の御用達とでも評判になれば、新規の客も大勢つきそうだ」

経営状況を心配する和葉を励ますつもりで彼は言ったのだろうが、うっと言葉に詰まってしまった。今さらながら、後悔の念が押し寄せてくる。

(そうなのよね。円城寺家のご贔屓になれたら、きっとお客さまが次から次へと……)

逃した魚の大きさをあらためて実感する。

『円城寺家を怒らせたら、この国で医師はできない』と言われているほど、あの家は力があるそうだ。

(逆にお医者さまたちに『絶対に芙蓉は利用するな』とか言われたらどうしよう……あの嫌みな男なら、やりかねない気がするわ)

『またな』

彼が告げた別れの言葉を思い出す。

まずありえないだろうけど、もし本当に彼が再訪したら……そのときは媚びを売るべきだろうか。考えたが、答えはノーだ。

(何度出会い直しても、あの手の男は大嫌い！　愛想を振りまくのは死んでもごめんよ)

そもそも、こんな心配は杞憂《きゆう》でしかない。柾樹がもう一度店に来る可能性など、万にひとつもないのだから。

「おじいちゃん。お茶、入れたよ」

夜。お茶を飲みながらこうして話をするのが、いつからかふたりの習慣になっていた。育郎はあまりお酒を好まないので、緑茶やほうじ茶、紅茶にするときもある。

今夜はやや肌寒いので、温かい緑茶を用意した。

「今日も一日、おつかれさまでした」

「おぉ、ありがとよ」

白髪もシワもあるが背筋はシャンと伸びており、江戸っ子らしい粋が育郎のウリだ。頑固な彼がたまに見せる優しい顔が和葉は大好きだった。でも、この家に来たばかりの頃は、彼の不器用な優しさがわからなくて『怖いよ～』と泣いてばかりいたような気がする。きっと手を焼いただろうに、見捨てずに育ててくれた育郎には本当に感謝している。

「しかし、和葉はどんどん和香子《わかこ》に似てくるなぁ」

育郎は和葉の顔をまじまじと見て苦笑する。

「ちょうど、お母さんが家を飛び出した頃と同じ年だものね」

和香子は母の名だ。育郎は、ひとり娘の和香子に婿を取って芙蓉を継いでもらいたかった。和香子もそのつもりだろうと信じていたのに、彼女はある日突然、『妊娠した。でも、子どもの父親の素性は明かせない』と言い出したのだ。どうやら相手は、〝妻子持ちの男〟だったらしい。一本気な性格の育郎は、それがどうしても許せなかった。

「今思えば、俺も未熟だった。娘が人の道を外れちまった、とカッとなってな……気がついたら『出てけ』と怒鳴りつけてたよ」

父娘《おやこ》は絶縁、和香子はシングルマザーとして和葉を育てることに決めたのだ。

「母ちゃんは俺たちの喧嘩にたいそう参ってしまってな、俺が殺したようなもんだ」

「それは違うよ」

和香子が出ていってしばらくしてから、育郎は妻を亡くした。娘を許せなかったこと、そのことで妻の心に負担をかけたことをずっと後悔してきたんだろうと思う。

和葉が八歳のとき、和香子は癌で余命宣告された。和葉をひとりで育てるために、かなりの無理をしていたのかもしれない。発覚したときには、もう手のほどこしようもなかったそうだ。

「我が娘ながら頑固でな。いよいよってところまで連絡も寄こさねぇで」

病院から連絡をもらって育郎が駆けつけたときには、すでに和香子は死に瀕していて会話もままならなかったそうだ。育郎には【和葉を頼む】という娘からの手紙と、幼い孫娘だけが残された。

妻も亡くしていて子育てには戸惑いもあっただろうに、彼は『俺が絶対に幸せにしてやる』と言って引き取ってくれたのだ。そして、約束どおり大切に育ててくれた。

男らしく、愛情深く、世界で一番料理の上手な、和葉の自慢の祖父だ。

「お母さん、性格も私と似ているところがあった？　顔だけ？」

和葉は八歳まで和香子とふたりで暮らしていた。きっと大変な苦労で育ててくれたのだろう。それなのに、薄情なことに和葉には和香子の記憶がほとんど残っていない。母を亡くしたショックで記憶が混乱したのだろうと診断された。育郎がカウンセリングに通わせてくれたりもしたが……結局、母との思い出を取り戻すことは叶わなかった。

（お母さんの声が優しかったこととか、立派な松のある大きな庭を散歩したこととか、断片的にぼんやりとは覚えているんだけど）

詳細を描こうとすると、ひどい頭痛が起きてそれ以上は考えられなくなってしまうのだ。しっかり思い出せるのは、育郎に連れられてこの家にやってきた日以降のことだけ。

和香子のことは、こうやって時々彼に話をしてもらって想像する。

「和香子は優等生だったよ。優しくて、成績もよくてな。だから妊娠を告げられたときは、目ん玉が飛び出るほど驚いてなぁ」

「じゃあ、中身は私とは似てないのか」

和葉は優等生とはほど遠いタイプだ。反抗期には、しっかり育郎と喧嘩もした。

「いや。芯の強さはそっくりだぞ。和香子も和葉も頑固もんだ」

「おじいちゃんもね！」

和葉は笑うが、育郎は悲しげな声でぽつりとつぶやいた。

「──あいつの、最初で最後のワガママくらいドンと受け止めてやりゃあよかった。ずっと一緒に暮らしていたらな……」

育郎の悔いが伝わってきて、しんみりした気持ちになる。

「和葉は好きな男と幸せになれよ。お前の幸せと比べたら、店の将来なんか小さなことだ」

いつも、そんなふうに言ってくれる。一度、登美子が冗談めかして『和葉ちゃんと安吾くんが結婚して芙蓉を継いでくれたら、育郎さんもお客さまも大喜びなのに』と言ったことがあったが、育郎は真面目な顔で否定していた。

『そんな必要はない。和葉も安吾も、好いた相手と一緒になれ』

（登美子さんの言うことは、たしかにそのとおりだけど……安吾くんとはすっかり兄妹って感じで、天地がひっくり返っても恋愛関係になることはないだろうしなぁ）

安吾のことは大好きだが、異性として意識したことはなかった。向こうも同じだろう。

「ところで……今日来てくれた円城寺家の坊ちゃん。なにか話したか？」

ふいにあの男の話が出てドキリとした。常連の沙月の話題ならともかく、なぜ彼のことを聞くのだろう。

（もしかして、私の無礼な態度をおじいちゃんにチクられたとか？）

視線を泳がせつつ、素知らぬ顔で答える。

「と、とくになにも。どうしてそんなこと聞くの？」

「別に。なんとなくだ」

育郎もなにか隠したいことでもあるのだろうか、和葉と目を合わさない。

「あっ。それよりさっき、また銀行から電話があったでしょう？　なんだって？」

柾樹の話などしたくもない、と和葉は話題を変えた。

「あぁ。飽きもせずに同じ話だ。あいつら、電話の前でカセットテープでも流してるんじゃねぇか？」

「……おじいちゃん。今どきはもう、カセットテープは使われていないよ」

明るく会話を続けていたが、銀行が融資した資金を強引に回収しようとする、いわゆる〝貸しはがし〟がどんどん厳しくなってきていた。

返済期限にはまだ余裕があるのに、お金を返せと言ってくるのだ。銀行側は事業拡大の見込みのない芙蓉を、さっさと切りたいと考えているのだろう。

（ほかに融資してくれそうなところも見つからないし、頭の痛い問題だわ）

それから、二週間後。

夜の営業が始まり店に出た和葉は、カウンターに座っている男の姿に目をみはった。

（円城寺柾樹⁉　なんでいるのよ？）

慌てて踵を返し、厨房の奥で配膳の準備をしていた登美子に近づいて尋ねた。

「今夜、ひとり客の予約なんて入っていました？」

芙蓉は完全予約制だ。昨日確認した客のリストに円城寺の名はなかったはず。

「あぁ。お昼に電話があって、カウンターのひとりくらいなら受けて構わないと育郎さんがおっしゃったのよ」

「そうだったんだ」

「和葉ちゃん、昼はお休みだったものね」

今日の昼は予約が少なかったため、休みをもらっていたのだ。

（まぁ一見さんではないし、そりゃ断る必要もないけどさ……）

「育郎さんが自らお出迎えして、少しお話もしていたわよ。まぁ、うちの常連さんにも円城寺家には頭があがらないって方は多いだろうし、むげにはできないわよね」

それから、登美子は夢見る少女のような目になって、うっとりと言う。

「本当に素敵だわ～。彼がいてくれるだけで店の格があがると思わない？　私も目の保養になるし」

登美子は小学生の孫娘と一緒にアイドルのコンサートに出かけるのが趣味で、イケメンが大好きだ。

「まぁ……見た目はたしかに」

その点だけは和葉も否定できない。

彼がいると思うと、やけに落ち着かない気持ちになる。気にしない！と思うほどに、視線は彼に吸い寄せられる。

こっちはチラチラと意識してしまっているのに、柾樹はもう和葉の存在などすっかり忘れている様子だ。時折、育郎と会話をしながら徳利《とっくり》を傾けていた。

先日のことを覚えているのは自分だけなのかと思うと、むなしいような悔しいような……複雑な胸中だ。

今夜は長居する客がおらず、九時過ぎには静かになってしまった。店内に残っているのは、もう柾樹だけだ。

厨房のなかで、和葉は登美子に声をかけた。

「登美子さん、先にあがってください」

「あら、いいの？」

「もうお客さまはひとりだけだし、私は昼にお休みをいただいたから！」

笑顔で告げて、彼女を帰す。育郎と安吾も片づけと明日の営業準備のため、奥へ引っ込んでしまった。

そのため、柾樹への最後の品は和葉が提供することになった。

締めの甘味、葛餅に枇杷《びわ》のコンポートを添えたものは安吾が作った一品だ。育郎はこのところ、先付けや甘味は彼に任せるようになっていた。お客さまからも好評だし、安吾の腕を認めているのだろう。

「甘味でございます」

彼の前に美濃《みの》焼の皿を置く。

「どうも」

今日初めて、彼が和葉に視線を向けた。目が合う、ただそれだけのことで胸が小さく跳ねた。

「会計、カードで構わないか？」

甘味を食べ終えた彼が、財布からカードを取り出して和葉に渡す。

「はい、もちろん」

預かったカードで会計処理を済ませる。その間も、和葉の視線はたびたび彼のほうを向く。

柾樹という男の持つ華は圧倒的だ。好意などまったくないはずなのに、目も、意識も、吸い寄せられてしまう。おそらく、彼を前にした人間はみな同じ反応になるだろう。

（心底悔しいけど……特別な人間ってやっぱりいるのね）

彼にカードを返し、サインを求めた。彼はペンを走らせながら含み笑いでささやく。

「――俺に惚れたか？」

「は？」

声が裏返った。いたずらな瞳が棒立ちになっている和葉を見あげている。

「さっきから、ずっとチラチラ見てる」

「み、見てません！」

「焦るのは図星な証拠だな」

顔を真っ赤にしている和葉とは対照的に、彼は余裕たっぷりにほほ笑んでみせた。

断じて惚れてはいないが、意識していたのは事実なので反論できない。うつむき唇をかむと、からかう口調で彼は言う。

「それとも、店のために媚びを売る気になったか？」

「なっていません。これは善意でお伝えしますが……いくらなんでも自意識過剰だと思いますよ！　ちょっと美形だからって、世界中の女が自分を好きになるとでも？」

憎まれ口にも、彼は明るい笑い声をあげる。

「ご忠告に感謝するよ。そうだな。じゃあ――」

ふいに柾樹が立ちあがる。百五十八センチの和葉よりも頭ひとつぶんくらい背が高い。顔は小さく、モデルのような頭身バランスだ。

カウンターテーブルに片手を置いたまま、柾樹は和葉に身体を寄せる。美しい顔が近づき、彼の吐息が頬をくすぐる。

「手始めに、お前が俺に惚れるかどうか……ためしてみようか？」

柾樹の発する濃厚な色香に惑わされ、身じろぎもできなかった。言葉もなく見つめ合う。

（ど、どうしよう。なにか言い返さないと）

そのとき、奥からなにかが割れるような音が聞こえてきた。静かな店内に響いた大きな物音に、柾樹も和葉もハッとする。

「――師匠！」

重ねて届いた安吾の声も、普段のトーンとはあきらかに違う。なにか異変があったようだ。

「どうしたの⁉」

すぐさま厨房に走った。

調理器具をしまう棚の近くに安吾がかがみ込んでおり、そのかたわらに育郎が倒れていた。

青白くなった育郎の顔を見た瞬間、心臓をギュッとわしづかみにされたような痛みを覚えた。

「おじいちゃん！」

駆け寄り、育郎の肩に手をかけようとする。が、誰かの大きな手にそれを阻まれた。

「代われ」

声の主は柾樹だった。彼は和葉を押しのけて、育郎のそばに膝をつく。

「ど、どうしてあなたが……」

「医師免許は持っている。お前がわめくより絶対にマシだから、黙って任せておけ」

そう言い捨てると、もうこちらには目もくれず、テキパキと処置を始めた。育郎の身体をゆっくりと横向きにし、意識レベルを確認している。その落ち着いた対応を見る限り、免許があるという言葉は本当のようだ。

「きゅ、救急車！　早く呼ばないと……」

突然の事態に呆然としていた安吾が弾かれたように声をあげた。

「そ、そうね」

和葉も我に返り、電話のあるほうへ足を向ける。

「いい。うちの病院からドクターカーを呼ぶ。おそらくそのほうが早い」

柾樹は育郎の様子を見ながら、素早くどこかに電話をかけた。彼の言ったとおり、本当に救急車より早いくらいのスピードで『円城寺メディカルセンター』の名前が入った搬送車が到着した。柾樹はすぐに育郎を乗せると、和葉にも「乗れ」と声をかけた。

「安吾くん。お店をお願いできる?」

「当たり前です。和葉お嬢さんは師匠についていってください」

あとのことを彼に任せて、育郎に付き添ってドクターカーに乗った。内部には救急車と同じように医療機器が搭載されていて、看護師らしき女性が慌ただしく動いている。

目の前に広がる緊迫した光景に、ますます不安を煽られた。

(おじいちゃん!)

「おそらく脳卒中だ」

「意識レベルは確認済みですか?」

同乗の医師に症状などを説明し終えてから、柾樹は和葉の隣に座った。

「──おじいちゃん、助かりますよね? 私、おじいちゃんになにかあったら……」

その先の言葉は続かなかった。育郎は和葉にとって唯一の肉親だ。

母の記憶はほとんどない。父も知らない。顔も、どんな人間なのかも、母と結婚しなかった理由も――。

父の代わりも母の代わりも、育郎が担ってくれていたのだ。

（なにかあったら……そんなこと、考えたくもない！）

手のひらに爪が食い込むほどに強く握り締めた和葉のこぶしを、柾樹の大きな手がそっと包んだ。

そのぬくもりで、自分の手がすっかり冷たくなっていたことに気がつく。

「診た以上は俺の患者だ。必ず、助ける」

嫌いだと思っていた男の言葉に、すがりつきたくなった。育郎のためならどんなことでもする。心からそう思った。

「お願いします、おじいちゃんを助けて」

震える声でつぶやくと、彼は力強くうなずいた。

総合病院、円城寺メディカルセンターは芙蓉のある神田からもほど近い日本橋《にほんばし》に位置している。名前は知っていたが、元気が取り柄で病院とは無縁の和葉がこの場所を訪れたのは初めてだ。

ブラウンの外壁の大きな建物は、まるでホテルのような高級感が漂う。想像以上に立派な病院で驚いた。

処置室のなかに入っていく育郎を見送ったあとで、隣に立つ柾樹を横目で見る。

（いけ好かない人ではあるけれど、今夜、彼が居合わせてくれたことは幸運だった）

素早く応急処置をし、こんなに立派な病院まで運んでくれた。柾樹のおかげで最善の対応ができたと思う。

おまけに彼は、処置室の前で待つ和葉に付き添うつもりのようだ。ソファに座った和葉の隣に、彼も当然のように腰を落ち着けた。

「あの、ここにいて大丈夫なんですか？　お時間とか」

「今日は休みだ。勤務時間なら俺が治療に当たりたかったが、軽く酒も飲んでしまったしな」

和葉の質問を〝医師として仕事をしなくていいのか？〟という意味に受け取ったらしい。

「そういう意味ではなく……えっと、私はもう大丈夫なので」

せっかくの休みなのだから帰っていい。言外にそう伝えたつもりだが、柾樹が腰をあげる様子はない。

らしくもない優しい声で彼は言う。

「暗い廊下に、震えている女をひとり残して帰るほど非道にはなりきれないな」

これは彼の本心なのだろうか。沙月に冷たい言葉を吐いていた男と同一人物とは、とても思えなくて混乱してしまった。

（いい人だとは今も思えない。でも――）

和葉は柾樹を見つめ、口を開く。

「円城寺さん」

初めて彼の名を呼んだ。ふっと口元を緩めて、彼は和葉と目を合わせた。

「あの、今夜は本当にありがとうございました。円城寺さんはおじいちゃんの恩人です。後日、あらためてお礼をさせてもらえたらと――」

その言葉に重ねるように彼は言った。

「なら、また店に行くから一杯おごってくれ」

彼は育郎の治療が終わるまで、ずっと隣にいてくれた。

一時間後。医師が処置室から出てくる。

柾樹の推測どおり、診断の結果は脳卒中だった。対応が迅速だったので、すぐに危険な状況におちいることはないと説明され、胸を撫でおろした。

「とはいえ最短でも二週間は入院になるし、仕事への復帰には時間がかかるかもしれない。店は大丈夫か？」

柾樹は深刻そうに眉をひそめる。

「まずは、おじいちゃんが元気になってくれることが一番です。店には安吾くんもいてくれるし」

最近は彼に任せる料理も増えてきていて、安吾のファンも多い。育郎が不在でも客足がゼロにはならないはず。もちろん、それなりの数のキャンセルも出るだろうが……。

「必要以上に不安になることはないんだが……」

そう前置きして、彼はややためらいがちに続けた。

「脳卒中は大きな病気が原因となって引き起こされるケースも多い。おじいさんも、入院中にさまざまな検査を受けることになると思う」

大きな病気という単語に心臓が凍りつく。落ち着こうと思っても声が震えた。

「たとえば、どんな病気が考えられるんですか？」

「――癌、とかな」

育郎の娘である和香子は、大腸癌で亡くなったのだ。育郎に同じ病が発症しても不思議はないだろう。

「い、一刻も早く検査をお願いします。おじいちゃんを助けて！」

ジワジワと広がる不吉な予感に押しつぶされそうで、とっさに柾樹の腕にすがった。彼はその手を振り払ったりせず、和葉が落ち着くまで、背中を優しく撫でてくれた。

帰りはタクシーで、柾樹が自宅まで送ると申し出てくれた。タクシーが芙蓉に近づいたところで、和葉はあらためて彼に頭をさげた。

「本当にありがとうございました。情けないけど、あなたがいてくれたことに助けられました」

冷静になると、彼の前で取り乱してしまったことが少し恥ずかしい。彼はジャケットの内ポケットから名刺入れを取り出し、一枚を和葉に手渡した。

「困ったことがあれば、いつでも連絡しろ」

「え……」

和葉は目を瞬く。

「そ、そこまでしてもらうわけには……私とあなたは、友人でもなんでもありませんし」

今夜は乗りかかった船で助けてくれたのだろうが、これ以上を求めるほど図々しくはないつもりだ。

柾樹は皮肉げに笑む。

「自意識過剰、だな。お前のためじゃない。俺が初期対応をした以上、彼は俺の患者だ。助かってもらわなきゃ困るんだ」

それから、柾樹はふいに和葉の腰に手を回した。

「ちょっと、どこを触って――」

そのままグッと引き寄せられ、和葉の頭は彼の肩にぽすりと落ちた。一段低くなった声でささやかれる。

「それとも、和葉のためだと言ってほしいか？」

頬がカッと熱くなる。

（いつの間に私の名前を……）

「勝手に名前で呼ばないでください！」

そう叫んだタイミングで、タクシーが芙蓉の前に着く。

プリプリと怒りながら、柾樹に三千円を押しつけてタクシーをおりた。

（セクハラよ、あんなの！）

彼の触れた腰が熱を帯びているようだ。

（でも、もしかしたら……私が頼りやすいようにわざと軽口を？）

なんとなく、そんな気もした。彼の心配そうな眼差しに嘘はないように思えたから。
となると、今度は別のことが気にかかった。
(医師である彼が心配するってことは、やっぱりおじいちゃんは大病をわずらってい
る可能性があるのかな?)
忍び寄ってくる不安の影に、和葉は羽織っていた上着の胸元をギュッと握る。
しっかりしなければと思うのに、今の自分はまるで親とはぐれてしまった子どもの
ようだ。オロオロとおびえることしかできないでいる。

それから二週間。最初に説明されていた育郎の退院予定は白紙になってしまった。

初期の大腸癌が見つかったからだ。幸い、あまり進行はしておらず治療の手立てはあ
るとのことだった。

昼と夜の営業の合間に、安吾と登美子にそれを説明した。店をどうしていくか、相
談しなければならない。

厨房に置いた小さな丸椅子に座り、三人は顔を突き合わせている。

「大腸癌……」

「そんな――」

状況を知ったふたりは言葉少なにうなだれた。和葉も同じ気持ちだが、無理して明るい声を出す。

「でもね、まだ初期段階だから。調べてみたんだけど、大腸癌は癌のなかでは完治できる可能性が高いんだって」

〝でも、お前の母親は助からなかったじゃないか〟

どこからか聞こえてくる悪魔の声に、和葉は必死で耳を塞いだ。

（大丈夫、おじいちゃんは助かる。あの人がそう言ったもの！）

『必ず、助ける』

病院で癌だと告げられて以来、無意識のうちにあの言葉を支えにしていた。不安になるたびに、自信たっぷりの彼の声を思い出して力をもらっている。

「そうよね。育郎さんは実年齢よりずっと、心も身体も元気だもの。すぐに帰ってきてくれるわ」

登美子が言えば、安吾もうなずく。

「そうですよ！　師匠が安心して治療に専念できるように俺たちで店を守りましょう」

「ありがとう。登美子さん、安吾くん」

ふたりの言うとおりだと思った。自分たちがメソメソしていたら、育郎は病院を飛び出してきかねない。余計な心配をかけないようにしなくては。

「料理のほうは、師匠からずいぶん引き継いでもらっているので……なんとかなるとは思うんです。もちろん、俺の味じゃ納得できないお客さまもいらっしゃるとは思いますが」

「安吾くんの味、新しい風でいいわねって意見も多いわよ」

彼の不安を登美子が上手にフォローする。和葉も安吾の腕は信頼している。彼ならきっと、芙蓉の味を守ってくれると思う。

「でも、手が足りないよね？　厨房が安吾くんひとりじゃ……」

和葉の疑問には、安吾がきっぱりと首を横に振った。

「それは大丈夫です。ここの商店会のメンバーも協力すると言ってくれてますから」

育郎が倒れたときから、安吾は店のためにいろいろと動いてくれていたようだ。育郎はいい弟子を持ったと、心から彼に感謝した。

「おじいちゃんが戻ってくるまで、力を合わせてがんばろうね」

三人が気持ちをひとつにしたところで、入口の扉がトントンとノックされた。

「配達かしら？」

腰をあげかけた登美子を制して、和葉が立ちあがる。

「私が出ます」

配達か、もしくはふらりと入ろうとした客かもしれない。厨房を出て、入口に足を向ける。

「どなたでしょうか」

内鍵を開けて、和葉は戸を引く。そこにいた人物を見て「あっ」と小さく声をあげた。

「円城寺さん⁉」

「どうも」

「えっと、まだ夜の営業は始まっていなくて……」

「知ってる。今日は客として来たわけじゃない」

彼はブラウンの革財布から千円札を三枚出し、和葉に押しつけた。

「先日のタクシー代だ」

「いえ、あれは私が出すべきお金ですから」

柾樹に出してもらう道理はない。

「こんなにかかってないぞ。それに……金は腐るほど持っているしな。女に出させては円城寺の名がすたる」

あいかわらずの俺さま発言だが、彼には似合っていて反発する気も起きなかった。

素直に「ありがとうございます」と受け取り、続けた。

「では次におこしいただける際に、なにか一品サービスさせてくださいね」

「あぁ、そうしてくれ」

それにしても、と和葉は小首をかしげる。

「わざわざ三千円を返すために？」

彼にとっては小銭みたいなものだろうに、意外とマメなのだなと驚く。

「いや、お前に報告があって。俺も育郎さんの担当医チームに入ることになった」

「え？」

癌の治療も、そのまま円城寺メディカルセンターの世話になるつもりでいる。この病院はひとりの患者に数名の医師がつく制度だという説明も受けてはいた。だけど――。

「そもそも、円城寺さんって現場に出るんですか？」

医師免許を持っているとは聞いたが、彼は円城寺家の御曹司。円城寺グループは、もはや病院の域をこえた世界的企業だ。直系の人間は経営に回っているものとばかり思っていた。

「いずれは経営に専念しなければならないだろうが、今は現役の医師だ。担当患者より経営を優先することは絶対にないから、そこは安心しろ」

なぜ彼が？とは思うものの、病院の判断に文句を言うわけにもいかない。

「承知しました。どうか、祖父をよろしくお願いいたします」

会話が一段落したところで、厨房から登美子が顔をのぞかせた。

「ごめんね、和葉ちゃん。銀行が代われとうるさくて」

見れば、彼女の手には店の電話が握られている。柾樹が和葉に視線で「どうぞ」と促した。

彼に軽く頭をさげ、電話を受け取る。登美子は気を使ったのか、すぐにまた厨房に引っ込んでしまった。

「はい、望月です」

銀行の用件はいつものあれだ。「さっさと金を返せ」のひと言をいやに回りくどく、ねちっこく伝えてくる。

「申し訳ありません。でも、もう少しだけ待ってくださいませんか？　実は――」

多少は配慮してくれるかと期待して育郎の体調不良を伝えたが、完全に逆効果になってしまった。店がピンチだとわかると、先方はますます強気になって借金返済を催促してくる。

「ええ。来週また、こちらからご連絡しますので」

深いため息とともに、電話を切った。

(失態だった。おじいちゃんの体調のことなんて話すんじゃなかった)

弱みを見せたら付け込まれる、ビジネスの場では当然のことだ。

落ち込んだ様子の和葉に柾樹が声をかける。

「金融機関か?」

「あ、はい。メインバンクの五味《ごみ》銀行さんです」

「資金繰りに困っているのか?」

「まぁ、そんなところです」

今の会話を聞かれていた以上、ごまかしてもバレバレだろう。借金返済を迫られていることを正直に打ち明ける。

「うちだけに限った話ではないですけどね、飲食店はどこも苦しんでいますから」

腐るほどの財産を持つこの人にはわからないだろうなと、ちょっと卑屈な気持ちになる。それからハッとあることに思い至った。

「あ、あの……癌の治療って当然お金がかかりますよね?」

医療保険は最低限のレベルでしか入っていない。それで、まかなえるものだろうか。

「法外な治療費がかかるわけではないが……」

その後の言葉はにごされたが、ある程度の用意はしておけということなのだと読み取った。

（だ、大丈夫よね？　銀行にはもう少し待ってもらって、まずはおじいちゃんの治療を最優先に……）

和葉の動揺が伝わったのだろう。柾樹は彼らしくもなく、遠慮がちに言葉を重ねる。

「もし、厳しいようなら――」

「大丈夫です！　どんなことをしてでも都合をつけるので、おじいちゃんには最善の治療をお願いします」

柾樹の言葉を遮って、言い切った。

銀行への返済、育郎不在時の店の売上、心配なことばかりではあるが、育郎の命より大事なものなんかない。

（たったひとりの家族を……失いたくない）

「おじいちゃんが助かるなら、なんでもする」

思わずつぶやいた決意を、柾樹は黙って聞いていた。しばしの沈黙ののちに、彼は言う。

「本当に、なんでもする気があるか？」

覚悟を確かめるように、和葉の瞳をのぞき込む。

「もちろん。店の仕事の合間にバイトでもなんでもして、お金は用意します」

（たとえば、飲み屋のお仕事とか？　色っぽくもない私に需要があるのか、わからないけど探してみようか）

ほかに稼げそうな仕事はなにがあるだろうかと考えを巡らせていたら、彼が予想外の言葉を告げた。

「では、俺が依頼する仕事を受けないか？」

「――円城寺さんが依頼主？」

なにかワリのいい仕事があるのだろうか。それならば、飛びつきたい気持ちだった。

「そうだ。受けるなら、治療費も銀行への借金もすべて俺が肩代わりしてやる」

あまりにも破格の報酬に、和葉はぽかんと口を開けたまま固まった。

（治療費も借金も――？）

どちらかといえば単純な自分でも、ここまでのおいしい話には裏があることくらい理解できる。うますぎる話は詐欺か、相当な危険があるか、そのどちらかだ。

「まさか怪しい薬の実験台とか……臓器売買とか？」

円城寺家が大財閥になった背景には、そういう黒い裏事情があるのだろうか。

本気で疑っていると、彼にあきれた顔をされた。

「いつの時代の、どこの世界の話だ？　命を心配するような仕事ではないよ」

「なら、どんな仕事なんです？」

おそるおそる聞けば、スパッと答えが返ってくる。

「俺の妻になれ。跡継ぎも産んでくれたら、なおいいな」

「は、はぁ⁉」

ものすごく間の抜けた声が出た。と同時に、握り締めていた電話を落としてしまった。

（つ、妻？　この人、なにを言ってるの？）

一瞬は呆気に取られたが、すぐに怒りが湧いてきた。

「あの！　私をからかいたいだけなら帰ってください。うちは今、そんな余裕はありませんから」

そうとしか思えなかった。あまりにも悪趣味だ。

彼は落ちた電話を拾い、和葉に手渡す。

「本気だ。和葉の一生をもらう代わりに、金の心配は二度とさせない。円城寺家と縁続きになれば、どこの銀行も喜んで融資を申し出るだろうから芙蓉も安泰になるぞ」

「だ、だから！　名前を、勝手に呼ばないでくださいっ」

彼に呼ばれると、自分の名が特別に響くのだ。そわそわして落ち着かない気分になる。小さくため息をついて、こめかみに手を当てた。

「こんな、わけのわからない話を突然持ちかけられても……考えないといけないことが多すぎて」

その、わけのわからない話をすぐに断れない理由は——。

ちらりと柾樹に視線を送る。彼の背景に札束が見えた気がした。

（治療費はともかく、借金返済のほうが……み、魅力的すぎて）

白状すると、店の規模に対して抱えている借金の額が大きすぎて、完済への道筋はまったく見えていない。今はまだ返済期限前なので『銀行側の横暴だ』と強気でいられるが、返済期限が来たら銀行に頭をさげるしかなくなるだろう。

その意味では五味銀行の嫌みな営業マンは優秀だ。彼らにとって、芙蓉は決して優良顧客ではないだろうから——。

（芙蓉はもちろん存続させたい。でも、借金まみれの状態で安吾くんに引き継ぐわけにもいかない。おじいちゃんの悩みの種だったことが、彼との結婚で解決する？）

　グラグラと心が揺さぶられる。

　とはいえ、和葉だって年頃の乙女だ。いつかは愛する人と幸せな結婚をと夢見ていた。お金に目がくらんだ結婚なんて悲しすぎる。

　和葉は考えていることがすぐ顔に出るので、柾樹はそれを読み取ったのだろう。不敵な笑みを浮かべた。

「俺のほうは構わないよ。お前が札束と結婚するつもりでいてもな」

「うっ……そもそも、私と結婚することであなたになんのメリットが？」

　こちらには十分な魅力のある提案だ。だが、彼にはなんの益もない気がする。

　やっぱり、裏があるのだろうか。

「のぞき見していただろう？　久野家のご令嬢と破談になって困っているんだ。彼女と結婚するつもりで、いろいろと準備をしていたから。手っ取り早い代わりの花嫁を探している」

「破談になって……って、そう仕向けたのはあなたでしょう！」

　結婚するつもりだった女性に、なぜあんな態度をとったのだろう。目の前の男がさっぱり理解できない。

「これは、おじいちゃんを助けてもらったお礼のつもりで言いますが……今からでも沙月さんに頭をさげて、お見合いをやり直してもらったらどうでしょうか？　私は仕事柄、たくさんのご令嬢を見てきましたが、彼女ほど素晴らしい女性はそうはいません」

柾樹も、あの縁談のときの印象ほど嫌な男ではないことがわかった。ふたりは似合いの夫婦になれると思うのだ。だが、彼はにべもない。

「あの場で発言したとおり、彼女を妻にしたいとは思えないんだよ」

「沙月さんに不満を抱くほど女性の理想が高いのであれば、私では到底満足できないと思いますけど」

これは正直な気持ちだった。彼はやっぱり〝選ばれし人間〟で、自分とは住む世界が違う。パートナーとして生きていくことなど想像もできない。

「沙月さんでなくても……あなたなら、妻になりたいと望む女性はたくさんいるでしょう？」

「そう簡単でもないんだよなぁ」

柾樹は面倒くさそうに、深いため息をつく。彼のほうも本音をさらけ出している、そんな気がした。

「知ってのとおり、うちは財閥だ。いくらでも引き出せるATMだからな。なにがなんでも縁続きになって、骨の髄までしゃぶり尽くしてやろうと狙っている連中ばかりだ」

大金持ちにも、庶民にはわからない苦労があるということだろうか。

「その点、育郎さんはそういう欲深さとは無縁の人間に見えた。和葉が俺に期待する、治療費と芙蓉の借金程度なら円城寺家には安いもんだ。老舗料亭の孫娘なら、世間の聞こえも悪くない」

ずいぶんと遠慮のない物言いだが、そのぶん嘘はなさそうだ。彼なりに誠意を見せているつもりなのかもしれない。不快な気持ちにはならなかった。

「つまり……気を使う必要もなく、うるさいことを言わない妻として需要があるということですか？」

「あぁ、それは的確な表現だ」

悪びれる様子もない。金目当ての妻と、都合のいい女を求めている夫。利害は一致していると考えられるのか。

「で、でも愛のない結婚って悲しくないですか？　円城寺さんはそれでいいんですか？」

財閥ともなると、結婚に愛など馬鹿げていると考えるのだろうか。

柾樹はキョトンとした顔をする。

「愛のない結婚をするなどと、誰が言った？」

「たった今、あなたが提案したんじゃないですか」

和葉は頬を膨らませる。自分をからかって楽しんでいるのだろうか。

柾樹はじっとこちらを見ている。

彼の眼差しは、獰猛な獣のそれと同じだ。強く、鋭く、獲物を仕留めてやろうという意思を感じる。

綺麗で長い指先が和葉の顎にかかる。びくりと肩を揺らしたが、彼はお構いなしにグッと持ちあげ自分のほうを向かせる。

「心配いらない。俺は和葉を愛するし、それ以上の重みで、お前も俺を愛するようになる」

開いた口が塞がらない。今以上に、その表現がしっくりくるシーンもないだろう。

（ど、どこまで自信過剰なのよ⁉）

だけど、その言葉はまるで特別な呪文のように和葉を支配しようとしてくる。

（私が彼を愛する？　そんなことあるはずが——）

「賭けるか？」

脳に直接響かせるような艶のある声で、柾樹がささやく。

「本気を出した俺が、お前を口説き落とせるかどうか」

「円城寺さ――」

呼びかける和葉の声を食べてしまうように、彼は強引に唇を重ねてきた。

勝手で乱暴で……でも、とびきり甘いキスだった。

二章　俺にしておけ

七月なかば。育郎が倒れてからちょうどひと月が過ぎた。

適切な初期対応のおかげもあって、脳卒中のほうは目立つ後遺症などもなく心配はいらない様子だった。今はまだ円城寺メディカルセンターに入院中で、その後に発見された大腸癌の治療計画を立てているところだ。癌の進行具合はさほど深刻ではなく、完治を目指せると病院からも説明を受けていた。

『癌治療は長期戦だ。本人も、支える家族も、あまり根を詰めすぎないこと』

柾樹はそんなふうに言って、和葉をデートに誘った。育郎が心配で遊びに行く気分にはなれないと最初は断ったけれど、彼は折れなかった。柾樹なりの気遣いなのだろうと思って、提案を受け入れることにした。

その約束が今日だ。

午前十時。約束の時間ぴったりに、芙蓉の前に高級外車が停まる。運転席が開いて、柾樹がおりてきた。ネイビーのリネンジャケットにブラウンのパンツ。上品なカジュアルスタイルで、背景の高級車に引けを取らないセレブ感を漂わせている。

ほほ笑む彼の姿に胸がチクリとする。自分の下心が恥ずかしかった。

（心遣いをうれしく思ったのも事実だけど、やっぱりお金の問題が……）

契約結婚の話はやはり魅力的だった。治療費も店の借金も、すべてが解決するのだから。

現実問題として、育郎の入院費用などで蓄えはどんどん心許《もと》なくなってきている。

（例の話を、もう一度ちゃんと聞いてみたい。でも……）

お金目当てに男性と付き合うのは人の道としてどうなのだろう。その迷いも断ち切れない。そんな葛藤を見透かすように彼はクスリと笑う。

「気にするなと言ったろ。今は金目当てでいい。すぐに俺が目当てになるんだから」

「どうしたらそんなに自信満々になれるんですか？　うらやましいです」

和葉があきれた顔をしても、彼にはどこ吹く風だ。

「逆に、俺が自信をなくす理由を教えてほしいくらいだな」

「ぐっ……」

実際、この性格以外にはなんの欠点もないパーフェクトな男なので返す言葉もない。

清々しいほどのナルシストぶりに和葉の表情もほころぶ。

（それに、彼のこの言動で気が楽になっているのも事実だ）

本来なら強く感じるはずの円城寺家の御曹司に対する遠慮や気後れが、彼のこの性格のおかげで薄れる。

「乗れよ」

助手席に和葉をエスコートしてから、柾樹は静かに車を走らせた。

彼の愛車は、内装も驚くほどのラグジュアリーっぷりだ。座面はふかふかで座り心地がいい。こんな車、もう一生乗る機会はなさそうだと和葉はキョロキョロしてしまう。

「この車って……」

車種を当ててみせると、柾樹は少し驚いた顔になる。

「車に詳しいのか？　意外だな」

「私じゃなくて、安吾くんが車好きなんです。この車、所有は無理でも一度でいいから運転してみたいと言っていました」

高級車マニアの間でもとくに人気の車種で、国内に数えるほどしか流通していないと安吾が言っていた。中古車でもウン千万円という、庶民には手の届かない代物だ。

「安吾……あぁ、育郎さんの弟子の彼か」

「もしよかったら、今度――」

安吾に見せてやってほしいと頼もうとしたが、柾樹の顔が露骨に不機嫌になったので口をつぐむ。

「デート中にほかの男の名前を出すのはマナー違反だろう」

高級車を前にミーハーにはしゃいだことが不快だったのかと思っていたが、違ったらしい。少年のようにふて腐れている彼はちょっとかわいい。

「そうですね。失礼しました」

彼がきちんとデートらしくする努力をしてくれるのなら、自分もそうするべきだろう。柾樹はふっと目を細めて和葉を見る。

「今日は一日中、俺のことだけ考えていればいい」

「そんなキザな台詞が、次から次へとよく思い浮かびますね」

「けど、似合うだろ？」

和葉は諦めて、小さく肩を落とす。

傲慢な俺さまなのに、どこか憎めないのは彼のずるいところだ。

（でも、沙月さんへの仕打ちは忘れていないわよ。全面的には信用できない！）

気を許しきってしまいそうになる自分をいましめた。

車窓を流れていく風景を眺めながら尋ねる。

「どこに行くんですか？」

「ホテル」

端的な答えに和葉は思いきり顔をゆがめた。

「──いやらしい。最低っ」

柾樹はニヤッと唇の端をあげる。

「ホテルってだけで、すぐそういうことを連想する和葉のほうがいやらしいだろ」

かぁっと頬が赤く染まる。それを見て彼は楽しそうに言葉を続けた。

「円城寺グループがやっている高級スパ＆リゾートが葉山《はやま》にあるんだよ。連泊プランがオススメだが、今日は日帰りのつもりだ」

「スパ……日帰り……」

早とちりが少し恥ずかしいが、さっきの柾樹の言い方はあきらかに誤解を招くものだった。和葉は軽く彼をにらむ。

「まぁ、お前がその気なら泊まっても……俺は構わないけどな」

「全然その気じゃありません！」

柾樹の口元から白い歯がこぼれる。

（……初めて会ったときは圧倒的なオーラが怖いくらいだと思ったけど、こうやって

笑っていると普通の人みたいだな。円城寺家の御曹司とは思えないや）

けれど、車の窓から『円城寺オーシャンスパ＆リゾート』の豪華な建物が見えてくると、そんな考えは吹き飛んだ。海を望む広大な敷地にそびえ立つ、宮殿のようなラグジュアリーホテル。真っ白な壁面とターコイズブルーの屋根はエーゲ海のリゾート地を思わせる。ここが日本であることを忘れてしまいそうだ。

会員制で、客も選ばれた人間のみらしい。その証拠に、地下の客用駐車場はまるで高級車の展示場だ。

車をおり、エレベーターでロビー階にあがる。外観だけでなく、なかも別世界のようにゴージャスだ。

「すごい……」

和葉は思わずつぶやく。

「美容関連はうちも注力している分野だからな」

「あぁ。円城寺といえば、エステや化粧品も有名ですもんね」

和葉のような若い女性にとっては、むしろ円城寺グループは病院よりそちらのイメージが強いかもしれない。医療法人の枠を大きくこえて、さまざまなビジネスでも成功をおさめているのだ。

「このオーシャンスパ＆リゾートのブランドは海外をメインに展開していて、日本ではここと伊勢志摩《いせしま》の二か所だけだ」

（こんなに豪華なホテルを世界中に展開していて、おまけにそれがメインの事業ではないんだもんね。スケールが……）

小さな芙蓉を守り続けている望月家とは、まったく異なる次元で彼はビジネスをしているのだ。

（今さらながら、隣にいるのがおこがましい気がしてきた）

和葉の表情が曇ったことに気がついて、柾樹が心配そうに尋ねてきた。

「スパやエステには興味がないか？」

「温泉は大好きですけど……こんなに豪華でなくても、もっと素朴な温泉宿で私は十分です」

ラグジュアリースパにだって憧れるが、彼のセレブっぷりに引け目を感じて、そんなふうに口走ってしまった。

（あ。せっかく連れてきてもらったのにひどい言い方――）

さすがに失礼すぎると謝罪しようとしたが、彼はなぜかうれしそうな顔をする。

「そうか、気が合うな。俺もひなびた風情のある温泉宿は大好きだ。では、次はそういう場所に行こう。オススメはいろいろあるぞ」

「じゃあ、どうして今日はここへ？」

彼は困ったように唇を引き結んだ。瞳は寂しげに陰って見える。

「――お前がなにを好むのか、俺は全然知らないからな」

それから、自嘲するように薄く笑んだ。

「俺の知る限りでは……女は金のかかったデートを好む傾向にある。どれだけ金をかけたかで、こちらの気持ちをはかる」

（そ、そんな女性ばかりじゃないと思うけど）

よくわからない世界だ。柾樹はじっと和葉を見つめて、続けた。

「俺は和葉との結婚に本気だ。その気持ちを伝えるために、今日は最上級の贅沢を……と考えた」

今日のプランが和葉のためを思って用意されたものだということは伝わってきて、それ自体はすごくうれしかった。でも――。

和葉の微妙な表情に目を留め、柾樹はけげんそうに首をかしげた。

「どうしてそんな顔をする？　俺はなにか間違えたか？」

「円城寺さんが私のために考えてくれた、その気持ちは本当にうれしいです。でも、デートにかけるお金と気持ちはまったく比例しないと思います。少なくとも、私はそんなふうには考えませんし」

お金をかけてくれるからうれしいのではなく、喜ばせようという心遣いに感動する。そういうものじゃないだろうか。

彼は軽く目を瞬き、自身の顎を撫でた。

「なるほど、和葉はそう考えるのか。難しいな。俺がこれまでエスコートしてきた女たちは、ほかの男よりずっと豪華だとはしゃいでいたんだがな」

「それって――」

言いかけて、口をつぐむ。思ったことをすぐ口に出そうとするのは和葉の悪い癖で、育郎にもよく叱られた。大人になって、よそいきの顔も覚えたつもりだったのだけれど……。

(円城寺さんといると、どうしてか素が出ちゃうのよね)

彼との関係は芙蓉のためで、いわばビジネスの延長のはずなのに。ついつい気が緩んでしまって困る。

「なんだ？　なにを言いかけた？」

「いえ、なんでもないんです」

「ごまかされると、余計に気になる」

「でも……言ったら、さすがの円城寺さんも怒ると思いますし」

「いいから話せ！」

彼がちっとも引かないので、渋々、先ほど思ったことを口にする。

「もしその話が本当なら、女性たちが好きだったのは円城寺さんじゃなくてお金——なんじゃないかと思いまして」

彼は真顔で固まっている。かと思うと、「ぷはっ」と盛大に噴き出した。

「お前、俺のことを散々に言うが、自分だって相当な無礼者じゃないか」

「私もそう思ったので、言わないようにしたんです。それなのに、円城寺さんがしつこく追及してくるから……」

声をあげて笑う彼に素直に頭をさげた。

「けれど、今の発言については円城寺さんにもあなたの過去の恋人にも失礼でした。ごめんなさい」

「いや、和葉の言うとおりだ」

真摯な瞳で、彼は和葉を見つめる。

「金じゃなくて俺自身を好きにさせると言ったのに、これじゃ円城寺家の財力に頼っているだけだな」

まっすぐな眼差しがくすぐったくて、和葉はパッと視線をそらす。

「本当は、高級エステにもすごく興味があるので……今日は最上級の贅沢を味わわせてください」

「あぁ、期待していいぞ」

うれしそうな彼の声に、胸が高鳴った。

(なんでドキドキするのよ)

極上エステで癒やされた身体に、栄養たっぷりのフルーツスムージーが染み渡る。

目の前に美しい碧色《あお》をした大きなプール、その先には葉山の海が広がる。

「すごいですね！　プールと海に境目がないみたいに見えます」

「あぁ、それがウリだからな」

たしかに、このプールで泳いでいたら、そのまま海に出られると錯覚してしまいそうだ。

「泳ぐか？　水着ならショップで扱っているぞ」

聞かれて、ふるふると首を横に振る。

「大丈夫です。水着は……恥ずかしいので」

梅雨明けも近いのか、今日は夏らしい陽気で太陽がまぶしい。泳いだら、きっと気持ちいいだろうけど、つい最近知り合ったばかりの男性の前で水着になる勇気はない。

「了解。まぁ、ここはいつでも来られるから」

自分との関係が継続する前提で、彼が話をするのがすごく不思議な気がした。

（本来なら住む世界が違う人なのに）

泳げなくても、こうやって海を眺めながらプールサイドで過ごすひとときは最高だ。

「スムージーもおいしいし、エステも至福の時間でした」

（店の資金繰りやおじいちゃんが倒れたことで、このところ気を張りつめていたから……）

隣の柾樹にちらりと目を走らせる。

やっぱり、彼にはこういうラグジュアリーな空間がよく似合う。

「なに、また俺に見とれてた？」

ふっと笑って、流し目を送ってよこす。発言はあいかわらずだ。

「別に見とれてませんが……。でも、ありがとうございました。すごくリフレッシュ

「このあとはフレンチのコースを食べよう。和葉はもうちょっと太ったほうがいい。女は多少ぽっちゃりしているほうが俺好みだ」

和葉は唇をとがらせる。

「なんで私が円城寺さんの好みに合わせなきゃならないんですか」

「妻になるなら、そのくらいの努力はしてくれてもいいだろう？」

柾樹は柔らかな笑みを浮かべる。

「もちろん、俺も和葉好みの男になる努力をするし」

彼の言葉はいつも迷いがなく、ストレートで、和葉を困らせる。

「私の好きなタイプは、穏やかで紳士的な男性です。円城寺さんとは真逆の……」

かわいげのないことを言っても、柾樹はモテる男の余裕で平然としている。

「ふぅん。そういう男を好きになる女の特徴を当ててみせようか？」

ニヤッとした彼が続ける。

「悪い男に騙されやすい」

「そんなことありませんから！」

（騙されたことなんてないもん。まぁ、そもそも素敵な紳士に口説かれた経験もない

けど)

　芙蓉の客は年齢層が高めで、出会いの多い仕事とはいえない。恋愛には縁遠い日々を送っている。

　柾樹はふいに真剣な顔になって、よく響く艶のある声で言う。

「あるよ。――だから、和葉は俺にしておけ」

　ドクンと大きく心臓が跳ねる。落ち着けようとしても、鼓動はどんどんスピードを増していく。

　上から目線の台詞とは裏腹に、彼の瞳には必死さがにじんでいて……まるで愛を乞うかのようだ。

(そんな顔しないで)

　彼にとって、自分は〝面倒がない、都合のいい結婚相手〟なのだ。

　それ以上の意味はないとわかっているのに、こんな顔をされたら騙されてしまいそうになる。

(悪い男は……円城寺さん自身じゃない)

　フレンチレストランはホテルの最上階に入っていた。ホワイトとターコイズブルーを基調にしたインテリアは、建物の外観と同じく地中海風といった雰囲気だ。

店内に足を踏み入れると、奥からシェフらしき人物がやってきてあいさつをしてくれた。柾樹は彼と談笑し、最後にこう付け加える。

「大切な女性を連れてきたから、いつも以上にうまい料理を期待しています」

「かしこまりました」

（大切な女性……）

高級店での常套句《じょうとうく》みたいなものだとわかっていても、悪い気はしない。無意識に頬が緩むのに気がついて、ハッと表情を引き締める。

白いクロスのかけられたテーブルを挟んで、ふたりは向かい合わせに座った。

「まるで海外旅行に来たみたいですね」

「それはうれしい感想だな。『国内にいながら、海外リゾートの気分を味わえる』というのがコンセプトなんだ。だから、海外のほうは逆に和風に作ってある」

「へぇ、そうなんですね。いつか行ってみたいなぁ」

ここがとても素晴らしい施設だったから、純粋に興味が湧いた。今は海外旅行なんて贅沢をする余裕はないが、いつかを夢見るくらいならいいだろう。

具体的に考えていたわけではないので、続く彼の発言には驚いた。

「新婚旅行で行く？」

「そんなに驚くことか。結婚するなら、新婚旅行くらい行ってもいいだろう」

「ええ⁉」

（この人、本気で私と結婚する気……なのかな？）

和葉は正直、いまだに半信半疑な気持ちでいた。この豪華なホテルを見たら、ますます現実味が薄れていく。だって、どう考えても自分たちは釣り合いが取れていない。

しばらくして、サーブの女性がテーブルに前菜を運んできた。

「わぁ、綺麗！」

前菜はホタテをメインにした一品だ。カラスミが散らされ、彩りも美しい。口に入れると、ほのかな紫蘇《しそ》の風味が広がった。

「うん。紫蘇がいいアクセントになって、おいしい」

「芙蓉の孫娘のお気に召したとあれば、うちのシェフもきっと喜ぶよ」

「おいしいものをかぎ分ける能力なら、円城寺さんにも負けないと思います」

まんざらでもない顔で返した。作るほうの才能はなかったが、食べるほうは自信がある。

スープも、メインの和牛フィレ肉のポワレも、提供される料理はどれも素晴らしい味だった。メインを食べ終えたタイミングで、彼が育郎の話を切り出す。

「育郎さんのことだが、脳卒中の後遺症も見られないし、そろそろ癌のほうの手術を検討したいと思ってる」

「……手術、したほうがいいんですよね？」

柾樹はうなずく。

「あぁ。大腸癌はきっちり取りきって、完治させられる病気だ。手術を受けるべきだと俺は思う」

手術への恐怖はやはりある。育郎も若くはないから、体力面なども心配だ。それでも、完治してまた包丁を握れるようになるのなら……。

和葉は顔をあげ、柾樹を見つめた。

「円城寺先生。祖父をよろしくお願いします」

少し迷ってから、付け足す。

「先生を、信じます」

結婚相手としてはまだわからない面ばかりだけど、医師としての彼は最初からずっと信用に値する人物だった。育郎にとって彼以上の医師はいないと、本心から思える。

柾樹はうれしそうに目を細めた。

「任せてくれ」

「あの、それと」

和葉は今日の本題に水を向ける。

「結婚のこと、円城寺さんは本気でお考えなんですか？」

「もちろん。俺はくだらない冗談を言うほど暇な人間じゃないぞ」

「では、私も真面目に答えますが……たとえ私がイエスと言っても、円城寺さんのご家族がお認めにならないのでは？」

育郎と芙蓉は和葉の誇りで、世界中の人に自慢したいくらいだが……上流階級の結婚には家格というものがあることも理解している。柾樹本人は、あれこれうるさく言わない庶民的な和葉がちょうどいいと考えているのだろうが、円城寺家はそれで納得するのだろうか。

「私は父の顔も知りません。母はシングルマザーで、苦労をしたせいか早くに亡くなってしまいました。身内はおじいちゃんだけで……」

家庭の事情を、すべて正直に打ち明ける。話を終えると、柾樹はあっさりと「それがどうした？」と言った。

「ですから、釣り合いというか……」

彼が心からどうでもよさそうな顔をしているので、なんだか自信がなくなってくる。

（一般的に、名家なら気にするところよね？）

柾樹はクッと白い歯を見せて笑う。

「血統、家柄。これらを求める家はしょせん二流だ。円城寺家は、妻の実家の権力や財力に頼る必要などない。そんなものなくても揺らがないからな。もちろん俺自身も」

（す、すごい自信）

でも、彼らしい答えで思わずクスリと笑みがこぼれた。

「なんだか、だんだん円城寺さんのナルシストぶりが癖になってきました。次はどんな言葉を聞かせてくれるのかなって」

「いい傾向だ。そのうち俺のことが頭から離れなくなるぞ」

「あははっ」

悔しいけれど、渋々承諾したはずだった今日のデートを和葉はすごく楽しんでいた。

「家族の反応を気にするということは……和葉自身は結婚に乗り気ということでいいな」

「えぇ!? そこまでは言ってないんですけど」

「素直になれ。円城寺本家にあいさつする段取りを決めて、また連絡するよ」

「ちょっと、円城寺さん。そんな強引な――」

彼は仕事の早い男で、それから数週間後にはふたりで円城寺本家にあいさつに出向くことになった。

和葉を助手席に乗せた柾樹の車が、渋谷《しぶや》区松濤《しょうとう》の地を走る。

数ある高級住宅街のなかでも特別な場所だといううわさは耳にしていたが、現実は想像以上だった。

窓から外を眺める和葉の口は、あんぐりと開いたままだ。

区画の広い豪邸ばかりが並び、どの家も要塞のように高い塀に囲われている。車や人の往来は少なく、静かだ。

「て、敵でも攻めてくるんでしょうか？」

素直な感想を漏らすと、柾樹は軽く噴き出す。

「ま、そういう家もあるんだろうが……ほとんどの住民はただ私生活を隠したいだけだ。このへんは政治家や芸能人、世間に顔を知られている人間が多く住んでるから」

「あぁ、そうか。記者さんとかの目があるんですね」

「近頃はそういうのも減ってきた気がするけどな」

「円城寺さんも、ここにお住まいなんですか？」

そういえば、自宅の場所は聞いたことがなかった。

「いや。俺は病院近くのマンションだ。用があって実家に泊まる日もあるけどな」

マンションと言ったが、きっと〝万〟では買えない物件なのだろう。

「今日のあいさつを済ませたら、引っ越す準備をしろよ」

「へ？」

一瞬、なにを言われたのかわからなかった。

「引っ越し？　誰がするんです？」

あきれた顔でため息を落とされてしまった。

「和葉に決まってるだろう。お前、いいかげんに俺の妻になる自覚を持てよな」

「わ、私!?　引っ越すって円城寺さんの家に？」

「籍を入れたら一緒に住むことになるんだから、早いほうがいい。俺のマンションと芙蓉はすぐ近くだし、なにも問題ない」

エリートと呼ばれる人間はみな、こうなのだろうか。とにかく行動が早すぎて、こちらの感情はちっとも追いつかない。

「え、でも……おじいちゃんが心配ですし」

「もちろん育郎さんが心配なときは実家に帰っていい。が、あくまでもお前の家は俺のところだ」

（なんだかすっかり円城寺さんのペースだけど、本当にこのまま突き進んでいいのかな？　いや、今日のあいさつが失敗して破談になる可能性も十分にあるよね）

柾樹はものすごく楽観的に考えているようだが、それはきっと彼の性格ゆえだろう。実際には和葉が円城寺家に嫁ぐのは、いろいろと問題があると思うのだ。

（あぁ。でも破談になったら、またお金の心配をしないといけないのか。どっちに転んでも悩みは尽きないわね）

豪邸ばかりの松濤でもひと際目立つ、大きな区画に柾樹の車は吸い込まれていく。

（ここ、公共施設かなにかじゃないの⁉）

門を抜けてすぐの場所にあるガレージで車が停まった。このガレージだけで、一般市民の住む住宅くらいの大きさがある。

「まさか、ここが……」

「円城寺本家。といっても父は年の半分以上は海外で、本家で暮らしているのは母と姉だ」

今日も父親は不在らしい。そういえば、先日の柾樹の見合いのときも父親らしき人物は同席していなかった。男性はひとりいたが、父親にしては若すぎるだろう。母親と思われる女性のことは、和葉の記憶にも残っている。

(チラッとしか見ていないけれど、気品と威厳のある綺麗な人だった)

「では、あいさつはお母さまとお姉さまに?」

「そう。でも問題はないよ。円城寺家の当主は母だから」

「そうなんですか?」

「ビジネスとしての円城寺グループの総帥は父だけど、家のことはすべて母が取り仕切ってる。母はひとり娘だったから、結婚するときに父が円城寺家の婿に入ったんだ」

「なるほど」

(そんなすごい人が私なんかを認めてくれるかなぁ)

風格のある松の木、高級そうな鯉の泳ぐ池、美しく整えられた枯山水。観光名所のような日本庭園を進んだ奥に、立派なお屋敷が建っていた。

不安いっぱいのまま、円城寺邸に足を踏み入れる。なかも豪華絢爛で、この家の歴史と伝統がひしひしと伝わってきた。

「おかえりなさいませ、柾樹さま」

執事らしき老齢の男性が出迎え、ふたりを応接間へと案内してくれる。

（執事さん……って、現代日本にも実在してたのね）

「ワンピースじゃなくて着物を着てくるべきだったでしょうか？」

長い廊下を歩きながら、ヒソヒソ声で柾樹に尋ねる。

一応、持っている洋服のなかで一番高価なピンクベージュのワンピースに白いジャケットを合わせてきたが……こういう家なら着物が礼儀だったかもしれない。

「服なんかなんでも構わないよ」

言って、彼はワンピースをチラ見する。

和葉は不安そうな声を出した。

「や、やっぱりカジュアルすぎると円城寺さんも思いますよね？」

ふいに柾樹が和葉の腰に腕を回した。そのままグッと引き寄せ、ささやく。

「いや。その服はよく似合ってるし、俺好みだ」

唐突な甘い台詞に頬がポッと赤く色づく。すかさず彼は言葉を重ねた。

「そういう表情も好きだ。もっと見たい」

「な……なにをおかしなことを！　大事な場面で混乱させないでください」

応接間はクラシカルな洋間で、ダークブラウンを基調とした重厚なインテリアに橙色の照明。壁に飾られた有名画家の絵も……きっと本物なのだろう。

明治時代の華族の館にタイムスリップした気分になる。

その豪華な室内の奥に、柾樹の母親と姉が待ち構えていた。赤いビロード張りの椅子に姿勢よく腰かけたふたりは、圧倒的な美貌とオーラを備えていた。

母親とは、やはり一度芙蓉で会っている。彼女のほうはきっと覚えていないだろうけど。

（ふたりとも、どことなく柾樹さんに似てるな）

母親は華やかな友禅の訪問着を着こなし、艶のある髪はきっちりとしたアップスタイルにまとめている。大女優か、はたまた一国の女君主かといった品格があった。

姉のほうはモダンなブラックのツーピース。小顔でスタイル抜群なので、大胆にフェイスラインを出したショートヘアがとてもよく似合っている。

（就職活動はしたことないけど、圧迫面接ってこんな感じ?）

なにを言われたわけでもないが、ふたりの迫力に和葉はすっかりおののいていた。

「も、望月和葉と申します。今日はお時間をいただきっ」

震える声でなんとかあいさつをしたが、思いきりかんでしまった。

「あ。今、かんだよね？」

柾樹の姉の容赦ない指摘に和葉は身体を小さくする。恥ずかしさで言葉が続かない。

「ぷっ」

隣の柾樹は肩を揺らして笑いをこらえている。

「唄菜《うたな》ったら。ようやく来てくれた柾樹の奥さんをいじめないの！」

母親がおっとりとした口調で娘をたしなめた。想像していたより優しそうで、ホッと胸を撫でおろす思いだ。

「和葉ちゃん……ね！　この前、お店で会ってるわよね。柾樹の母の寧々《ねね》です」

柾樹が事前に話したのだろうか。和葉が芙蓉の娘だと認識してくれているらしい。

「堅苦しいあいさつはいいから、一緒にお茶にしましょ」

言って、寧々はにっこりとほほ笑んだ。その笑顔は、なぜか和葉の心を揺さぶった。温かくて、懐かしい……そんなふうに感じた。

（どうしてだろう。お母さんを重ねてしまったのかな）

おぼろげな記憶しかない亡くなった母は、寧々と同年代だ。

（私のお母さんだから、こんな美女ではないだろうけど）

「ありがとうございます」

和葉はようやく笑顔を取り戻して、席に着いた。

お手伝いさんだろうか。おばあちゃんと呼んでもいい年齢の女性が、緑茶とどら焼きを運んできてくれる。

「あ」

どら焼きの包装紙を見て、和葉は小さく声をあげる。

「どうかしたか？」

隣の柾樹に聞かれて答えた。

「『春虎堂《しゅんこどう》』のどら焼き、大好物なんです」

春虎堂は老舗の和菓子屋で、有名なのは最中だが、和葉はここのどら焼きに目がない。どうしてどら焼きではなく、最中が看板商品なのかと常々疑問に思っているほどだ。

「――やっぱり。ふふ、そうじゃないかなと思ったのよ」

寧々は含みを持たせるように目を細めた。

（どういう意味だろう？）

少し気になったが、唄菜と寧々がどんどん話を進めるので、聞くチャンスは訪れないままになった。

「これでやっと、柾樹も身を固めるってことね」

唄菜が言えば、彼はけむたそうな顔で返す。

「やっとと言われるような年齢でもないだろ。だいたい、自分だってまだ独身じゃないか」

唄菜は柾樹より三つ年上とのことだから、今、三十一歳だ。

「結婚願望、ないのよね。柾樹がしっかり跡継ぎらしくしてくれれば、私は結婚しなくて済むし感謝してる！」

「しない。じゃなくて、できないの間違いだろ」

「ふふん。なんとでも言ってちょうだい」

姉弟喧嘩を始めたふたりを無視して、寧々は和葉に顔を向ける。

「結婚式はどうするの？　その前に、さすがに芳樹《よしき》さんも和葉ちゃんにごあいさつをしないといけないわよね～。いろいろ忙しいみたいだけど、一度帰国してもらわなきゃ」

芳樹は柾樹の父親の名前のようだ。

唄菜も重ねて言う。

「同居はいつから？　お祝いにキングサイズのベッドでも贈ろうか？」

「えっと、その……」

名家ならではの厳しい雰囲気を覚悟していたので、ふたりの普通っぷりに逆に戸惑ってしまう。

(なんか、同じ町内の気心の知れたふたりが結婚しますみたいな空気感だけど……なにかの罠だったりしないよね?)

「どうした、和葉。妙な顔して」

柾樹がけげんそうにしている。

和葉は寧々と唄菜にあらためて向き直る。

「あの! 本当に私が柾樹さんと結婚しても構わないのでしょうか? その、うちは老舗の料亭を営んでいますが……決して裕福ではありませんし」

それどころか、柾樹に助けてもらわないと事業継続もままならない状況なのだ。

「あぁ、家格とかって話?」

あっけらかんと唄菜に尋ねられ、うなずいた。

「そういうの気にするのは二流の証拠よ!」

彼女は柾樹と似たような台詞を口にする。

「和葉ちゃんが心配するようなことは起きないから大丈夫。それに、芙蓉は素敵なお店だと評判だし」

寧々もクスクスと笑って賛同する。

「ですが、万が一にも円城寺家がなにか言われるようなことがあっては……」

にっこりとして、寧々は和葉の言葉を遮断する。

「誰もなにも言わないわよ～。だって……うちは円城寺家なんですもの」

女王然とした物言いに、もう返す言葉もなかった。

（――この母にして、この子ありってことなのね）

物腰はおっとりしているが、寧々は柾樹以上の自信家のようだ。

彼女は優しい声で続ける。

「そんなわけだから、円城寺家へようこそ。和葉ちゃん！」

「面倒くさいやつだけど、よろしく頼むわね」

予想外の歓迎を受け、円城寺家へのあいさつは無事に終了した。ふたりに別れを告げて応接間を出ると急に柾樹が手を握ってきた。

「ええ、どうして？」

彼はどことなくウキウキした様子で、声を弾ませた。

「もちろん、晴れて正式な婚約者になったからだ。和葉もそのつもりでいろよ」

〝そんなの無理ですよ〟

これまでだったら、きっとそう言い返したはず。

でも今は言葉が出なかった。そう言ってもらえることが少しだけ……うれしかったからだ。

寧々たちと過ごす時間も温かくて、もっと仲良くなりたいと素直に思えた。

固くつながれた手にそっと視線を落とす。

(私はお金目当てだし、この人は都合のいい妻が欲しいだけ。でも……一緒に過ごせば、それ以上の気持ちが生まれることもあるのかな)

『俺は和葉を愛するし、それ以上の重みで、お前も俺を愛するようになる』

いつか言われた言葉が耳に蘇る。

そんな日が来るかもしれないと、思ってもいいのだろうか。和葉は隠しきれない照れをごまかすように、唇をとがらせた。

「とりあえず今は手を放してください」

「なんでだよ?」

「お手洗いに行きたいからです」

柾樹は笑いながら手をほどき、お手洗いの場所を教えてくれた。

「迷子になるなよ」

「子ども扱いしないでください!」

そう言って彼に背を向けたものの、たしかにこの屋敷は迷っても不思議はないほどの広さだった。

お手洗いを済ませ、玄関で待っているはずの彼のもとに戻る。迷子にならずに帰ってこられてホッとしたところに、柾樹の声が聞こえてきた。

誰かとスマホで通話をしているようだった。最近の彼とは別人のような冷酷な表情と声に驚き、和葉はとっさに太い柱の陰に身を隠してしまった。

「以前にも説明しましたよね。久野家のご令嬢とは結婚できない理由があるんですよ。そもそも、結婚相手なんか誰でもいいでしょう？　既婚であるという事実さえあれば！」

電話の相手が誰かはわからないが、自分との結婚について話しているらしいことは理解できた。

『結婚相手なんか誰でもいい』

別に初耳でもなんでもない。柾樹は最初からそう言っていた。騙されたわけじゃない。

それなのに……鉛をのみ込んだかのように心がズンと重くなった。

（私と楽しそうに過ごしてくれたのは、あの時間は……私をいい気分にさせてすんなり結婚するためだったの？　それ以上の意味はなかった？）

〝当たり前だろう〟

どこからか、柾樹の冷めきった声が聞こえてくる気がした。

彼を責める権利も、傷つく資格もない。だからこそ、やり場のない思いが宙ぶらりんになって苦しかった。

（別に、傷ついたりしない。私はおじいちゃんと芙蓉のために彼と結婚する。それだけよ。円城寺さんを愛することなんて――絶対にない）

なかば強引に言い聞かせて、通話を終えたらしい柾樹のもとに戻った。

「円城寺さん」

「おかえり。迷子にならずよかった」

彼の言葉にかぶせて告げる。

「私はすぐにでもあなたのマンションに引っ越せるので、ご都合のいい日を教えてください」

射貫くような眼差しを向ける和葉に、柾樹は面食らった様子だ。

「どうした？　急に積極的だな」

「はい、私も覚悟を決めました。この契約結婚の役目をしっかり果たそうと思います。

だから円城寺さんも、芙蓉とおじいちゃんをよろしくお願いいたします」

彼に既婚のカードを与える、都合のいい妻になるだけで芙蓉も育郎も助かるのだ。

不満など……あるはずもなかった。


それから一週間後。もう八月、夏真っ盛りだ。

蝉《せみ》しぐれのなか、和葉は育郎を見舞うため円城寺メディカルセンターを訪れた。

「おじいちゃん。具合はどう？」

「おぉ、和葉か。まぁまぁだな。最初はこんな小洒落た部屋は落ち着かねぇと思ったが、慣れればベッドってやつも悪くないな」

上半身を起こし、枕をポンと叩きながらそんなふうに言った。

たしかにここは、ホテルのように洗練されている。入院期間が予定より長くなってしまったから、育郎が気に入ったのならなによりだ。

「それに、飯もうまい！　お浸しってやつは単純そうに見えて、塩梅が難しいんだが実に絶妙な味でな――」

料理の話になると途端に饒舌《じょうぜつ》になる。

（ふふ。いつものおじいちゃんだ）

「そっか。よかった」

元気そうな顔を見られて安心した。

声にはハリがあるし、顔色も悪くない。癌におかされているなんて信じられないくらいだ。

多少の無理をすれば一時退院することも可能だったが、また倒れたりしたら心配なので、柾樹とも相談して癌の手術までそのまま入院させてもらうことにしたのだ。

育郎が言う。

「そうそう。円城寺先生が手術は三週間後辺りでどうか？と言うんだが、和葉の都合はどうだ？」

すごく悩んだけれど、育郎は嘘やごまかしが大嫌いな人間だから……大腸癌のことは、すべて正直に伝えた。

ショックはあっただろうに、落ち込んだ顔は見せず『和葉の花嫁姿を見るまでは死んでも死にきれないからな。癌になんか負けてたまるか』と笑ってくれた。

「私の都合はなんとでもするから大丈夫。先生の判断に任せよう」

（とうとう手術か……）

不安を隠して、育郎には明るい笑顔を見せる。

「病気になんか負けたら承知しないからね、おじいちゃん」

「おうよ、任せとけ」

店の状況などを報告してから、和葉は最後に切り出した。

「あのね、おじいちゃん」

「うん？」

「実は……私、結婚しようかなと思っていて」

「ぶはっ」

育郎は驚きのあまり、飲んでいた緑茶を噴き出しそうになっている。

「ご、ごめん。驚かせちゃって」

立ちあがり、彼の背中をさする。

「け、結婚って……安吾とか？　いや、そりゃ期待してなかったと言えば嘘に――」

「えぇ、違うよ。どうして安吾くん？」

安吾の名が出たことにびっくりしたが、育郎は育郎で否定の言葉が意外だったようだ。

「そりゃ、和葉の身近な男なんか安吾くらいしか……あいつじゃないなら誰なんだ？」

もっともな質問だ。消え入りそうな声で答える。

「その……円城寺先生？」

なぜか疑問形になってしまった。育郎は目を白黒させている。

「ず、ずいぶん急だな」

和葉の目が泳ぐ。

育郎は嘘つきが大嫌いなのだ。その彼に嘘をつくのは心苦しいが、ここだけは正直には伝えられない。

(借金とおじいちゃんの治療費のため……なんて言ったら、激怒すること間違いなしだもの)

「おじいちゃんを助けてもらって、いろいろ相談しているうちに……私が恋しちゃって」

嘘がバレるのではないかと、ヒヤヒヤしながら続ける。

「それで、先生も受け入れてくれて結婚しようと言ってくれたの」

育郎は黙って、和葉の作り話を最後まで聞いてくれた。

「びっくりするよね、急にこんな話をして。おじいちゃんは反対？」

彼は静かに、でもきっぱりと首を横に振った。

「前から言ってあっただろう。結婚は好きな男としろと。反対なんかしねぇよ」

育郎はかすかに頬を緩めた。

「あの先生が見かけほどチャラチャラした男じゃないことはわかってる。――うん、案外と似合いの夫婦になるかもな」

（お母さんに対する後悔から、おじいちゃんはいつも『和葉の人生。自分の好きに生きろ』と言ってくれていたものね）

とはいえ、こんなにあっさり受け入れてくれるとは思っておらず、ちょっと拍子抜けした気分だ。

育郎はニヤリと笑う。

「それにしても、和葉は面食いだったんだなぁ」

「べ、別にそんなんじゃ」

手術のことや柾樹のマンションへの引っ越し予定などを相談して、和葉は病室をあとにした。

長い廊下をエレベーターに向かって歩いていると、奥から安吾がやってくるのが見えた。

早足で彼に近づく。

「安吾くん！」

「和葉お嬢さん。お見舞いですか?」

「うん。今、終わったとこ。安吾くんもおじいちゃんに?」

今日、芙蓉は定休日だ。

「はい。ゆうべ、常連さんから見舞いの品を預かったので」

「そうだったんだ。声をかけてくれたら私が持っていったのに。せっかくの休日にわざわざごめんね」

「いや。俺も師匠に会いたいので」

「あ、安吾くん。先に、少しだけ話をしてもいいかな?」

ちょうどいい機会なので、彼にも結婚の報告をしておこうと思ったのだ。店の仕事はこれまでどおりに続けるつもりだが、店と自宅に距離ができることで迷惑をかけることもあるかもしれないから。

病院の待ち合いソファに腰かけて安吾に打ち明ける。彼は育郎と同じく、衝撃に目を丸くした。

「担当医の円城寺先生と⁉」

「うん。いろいろあって、そういう話になりまして……」

複雑そうな顔で彼は黙り込む。

「急な話で迷惑をかけちゃうんだけど」

「いや。迷惑とかではありませんが……」

「もしかして反対？」

彼の顔をのぞく。

育郎は驚きつつもうれしそうにしてくれたが、安吾の表情はそうではない。祝福の雰囲気は感じられなかった。

「あ〜、えっと……」

彼らしくもなく歯切れが悪い。

「気になることがあれば遠慮なく話して。安吾くんは家族みたいなものだもの」

安吾は意を決したように、まっすぐに和葉の顔を見た。

「この結婚は、本当にお嬢さんの本意ですか？」

「えっ――」

「和葉お嬢さんは素直で、思っていることがすぐに顔に出る。今の顔は結婚が決まって幸せいっぱい、には見えなくて……だから心配です」

（うっ。安吾くん、昔からこういうところ鋭いのよね）

友達と喧嘩したとき、育郎に叱られたとき、和葉が落ち込んでいると、彼はいつも気がついて声をかけてくれた。

（でも、家族同然の彼にも本当のことは話せない）

「うれしいと思ってるよ。でも、おじいちゃんの手術のこととか……不安もあるから、喜んでばかりもいられなくて」

安吾は余計な口を挟まず、和葉の言葉に耳を傾けてくれる。

「円城寺さんって楽しい人でね……一緒にいると、不安な気持ちがどこかに吹き飛んでいくの。彼が言うのなら、すべてうまくいくって信じられる」

この言葉に嘘はなかった。柾樹が育郎を『必ず、助ける』と言ってくれたことは、心の支えになっている。

「そうなんですね」

安吾はゆっくりと、うなずいた。

「それを聞けて、安心しました。結婚おめでとうございます、和葉お嬢さん」

いつもの彼らしい、気持ちのいい笑顔で祝福の言葉をくれた。

「ありがとう」

「考えてみたら、とんでもない玉の輿ですね！」

「あはは。セレブな奥さん、私には似合わないよね」

「そんなことないですよ。お嬢さんは誰からも好かれるので、きっとうまくいきます」

話の区切りがついたところで、安吾が立ちあがる。

「じゃ、俺は師匠のところに行ってきます」

「うん。私は先に帰るね」

安吾に手を振って、くるりと身をひるがえす。その背中に、切羽詰まったような声が届いた。

「──和葉お嬢さんっ」

振り向いて彼と視線を合わせた。安吾は怖いくらいに真剣な顔をしている。

「俺、俺は……」

彼は言いよどみ、口を閉ざす。

「どうしたの？」

「いえ……」

どこか無理した、寂しげな笑顔を彼は作った。

「──気をつけて帰ってくださいね」

「う、うん。安吾くんもね」

（やっぱり、結婚に反対なのかな？　私に円城寺家の嫁が務まるのか心配してくれて

いるのかも)

彼がなにか言いたいことを我慢したのは察したが、無理やり聞き出すことはできなかった。

(だって誰に反対されたとしても、この結婚を止めることはできないから——)

円城寺柾樹の妻になると決めたのだ。たとえ、愛のない結婚でも。

三章　どんなふうに抱かれたい？

九月に入っても、照りつける西日はまだ夏に未練があるようで、ギラギラとまぶしい。その力強さを物語るように、街路樹が濃い影を落としていた。

ここ中央《ちゅうおう》区の一等地に、柾樹の住む四十七階建てのタワーマンションがそびえている。この周辺でもっとも高い建物のようだ。

「手荷物はこれだけか？」

車のトランクから彼が和葉のボストンバッグを出してくれる。

「はい。大きいものは先に送らせてもらったので」

といっても、すでに柾樹が住んでいる部屋なので家具や家電はそろっている。身の回りの品をまとめただけで、引っ越しと呼ぶほどの作業ではなかった。

「おじいちゃんの退院日が決まったら、そのときはしばらく実家に帰ってもいいですか？」

「もちろん。術後は気持ちが弱ったりもするから、できるだけ一緒に過ごしてあげるといい。病は気からというのは本当で、病気と闘うためには本人の〝生きたい〟という強い思いが必要だ」

一週間前に柾樹の執刀で育郎は手術をした。無事に成功し、完治への望みをつないでいる。

様子を見ながら、二、三週間後には退院できそうという話になっていた。

「ありがとうございます」

柾樹は強引な面もあるが、大事なところではきちんと和葉の気持ちに寄り添ってくれる。嫌いになりきれないところが、また困ったものなのだ。

「お部屋は何階ですか？」

「最上階の四十七階だ。ワンフロアぶち抜きでオーナーズルームにしてある」

目が点になった。このクラスのマンションなら、ひと住戸も十分な広さがあるだろうにワンフロアすべてとは……。それにオーナーズルームというからには、このマンション自体も円城寺家の所有なのだろう。

（やっぱり別世界の人、だよね）

完璧に整った横顔が少し遠く感じられた。

「妙な顔してどうした？　この家が気に入らないか？」

柾樹が顔をのぞき込んでくる。

「いえ、そういうわけじゃ。あまりにも立派で驚いただけです」

「すぐに慣れるさ。まぁでも……お前がほかの部屋がいいなら、一緒に引っ越してもいい。そういう希望は遠慮なく言え」

「六畳一間のアパートがいいと言ったら、どうするんですか？」

無理に決まっている。そう言われるつもりで尋ねたのに、想定外の答えが返ってきた。

「和葉と一緒ならどんな部屋でもいい。むしろ円満な夫婦生活のためには狭いほうがいいのかもしれないな」

なぜか、うれしそうにニヤニヤしている。

「そ、そういうリップサービスは不要ですから」

和葉は口をとがらせた。

（知ってるもの、円城寺さんの本音。別に私を望んでいるわけじゃないってこと）

でも、こんなことを考えてしまうのも、まるで拗ねているみたいで悔しいのだ。

エレベーターは高速なのにとても静かで、あっという間に最上階まで運んでくれた。

「どうぞ。今日からここが俺たちの家だ」

部屋はハリウッド映画のなかでしか見たことないような豪華さで、和葉は言葉を失った。いったい、いくつ部屋があるのだろう。

「奥の三部屋はゲスト用で、こっちはシアタールーム。あっちは俺の書斎」

丁寧に説明をしてもらったが、すぐには覚えられそうにない。

「とりあえず、ひと息つくか」

そう言って、彼はリビングルームの扉を開ける。

「うわぁ」

和葉は感嘆の声をあげた。

とにかく広い。ダンスパーティーくらいなら余裕で開催できそうだ。和葉は前方に広がる大きな窓に近づき、そっと手をつく。

(四十七階のお部屋なんて怖そうと思っていたけど……)

ここまで高層だと、逆に現実感がなくなって恐怖は感じなかった。

今日は天気がいいので、東京の名所をあちこちに見つけることができた。

「すごい景色。私の乏しい語彙力では、それしか言葉がありません」

柾樹は白い歯を見せて笑う。

「別にレポートしてもらう必要はないぞ。インテリアは和葉の好みに合わせて替えていいから。必要なら外商を呼べ」

「いえ、シックななかに和の趣もあって……すごく素敵なお部屋ですね」

周囲を見回して言った。

インテリアを替える必要はないだろう。うまく言えないけれど、この部屋は……柾樹の魅力をより引き立てるように感じた。その証拠に、目の前に立つ彼は憎らしいほどにかっこいい。

思わず見とれてしまって、慌てて彼から視線を外す。

（また『俺のことを見てた』って、自信たっぷりに言われちゃうもの）

「お茶でも入れるから座ってろ。コーヒーと紅茶はどっちがいい？」

「お気遣いありがとうございます。というか、円城寺さんも自分でお茶を入れたりするんですね」

お手伝いさんが住み込んでいて、お湯も沸かさないような生活をしているのかと思っていた。

「馬鹿にするなよ。カレーも作れるし、洗濯機だって回せる」

小学生レベルの内容でいばっている彼がおかしくて、噴き出した。その様子を見た柾樹が優しく目を細める。

「やっと笑ったな」

「え？」

「今日は朝からずっと、笑顔がなかったから」

「あ……その、新生活に少し緊張していたんです」

本当は『結婚相手なんか誰でもいい』という柾樹の言葉をたびたび思い出して、引きずっていたからだ。

（私……自分で思っている以上に、傷ついたのかな？）

自身の感情なのに、よくわからない。でも、彼に心配や迷惑をかけたいわけではなかった。

「元気なので大丈夫です。心配させてしまったのなら、すみません」

大きな手がポンと和葉の頭を叩いた。

「和葉は笑っているほうが似合う」

「――どうも」

照れ隠しで、返事がぶっきらぼうになってしまった。頬がかすかに熱い。

「コーヒー入れるから、ソファにでも座ってろ」

キッチンに足を進める彼の背中をじっと見つめた。

（出会った頃よりは嫌いじゃなくなったけど、好きになったりしない。この結婚は契

約だから）

ややこしいことを考えなければ、自分たちは意外といいパートナーになれる。そんな気がした。

ふかふかのソファにふたりで並んで座る。入れてもらったコーヒーはとてもおいしかった。

「わぁ、さすが！　高級な豆はひと味違いますね」

「そこは俺の腕を褒めるところだろうが」

「あはは、失礼しました。円城寺さんの入れてくれたコーヒー、すごくおいしいです」

そこで柾樹が妙にあらたまった顔をした。

「どうかしたんですか？」

「いや……今日からよろしくな、奥さん」

「えっと、はい。こちらこそ」

和葉は頬を染め、ぺこりと頭をさげた。

『式の準備はゆっくりでいいけど婚姻届はすぐに出そう』

柾樹が彼らしいせっかちさでそう主張するので、今日ここに来る前にふたりで役所に寄って提出を済ませてきた。なので、自分はもう彼の妻なのだ。

「こんなに急がなくても、よかったのでは？」

「時間を与えると和葉が逃げそうだから」

ニヤリと笑って柾樹は言う。

「そんなことは……」

ふいに彼の顔が近づく。逃がさないとでも言うように、瞳の奥が光った。

「え、円城寺さん？」

「覚えておけ。この距離まで顔が近づいたら、黙っておくのがマナーだ」

彼の手に後頭部を包まれ、次の瞬間には唇を奪われていた。

甘く、熱いキス。強引なのに巧みで、頭の芯が痺れるようだった。

「んんっ」

艶めいた吐息が漏れる。

「いいな、それ。もっと聞かせろよ」

和葉の劣情をかき立てるように、口づけは深くなっていく。焦らすような手つきで背中を撫でられ、肌がぶわりと粟立つ。

（こんな感覚、知らない……）

「はっ、ま、待って」

止めようと思っても、甘ったるい声がこぼれてしまう。

「無理。俺はもう限界」

彼は和葉の身体を抱きかかえて立ちあがった。

「え、あの円城寺さん？　どこへ……」

広いリビングルームをスタスタと歩いて突っ切る。

「ベッドルーム」

「ええ!?　なにを考えて……」

「言わせたいのか？」

煽情《せんじょう》的な顔にドクンと心臓が跳ねる。

和葉の困惑を無視して、彼は寝室へと足を踏み入れる。大きなベッドがひとつ置かれているだけ。それが妙に生々しく感じられた。

（ま、待って。まだ全然心の準備が……）

「円城寺さん、ちょっとストップ！」

「嫌だね」

和葉を見おろす彼の瞳は、恐ろしいほどに色っぽい。

「だって、まだ夕方ですよ。いや、時間の問題じゃないですけど」

夜が深まったからといって、受け入れられるものではないが──。

「そう、時間なんか問題じゃない。俺は朝でも夜でも全然構わないしな」

「な、なんでそんなにせっかちなんですか～？」

婚姻届の提出といい、これといい……事を急ぎすぎではないだろうか。それとも、仕事のできる男はこういうものなのか。

「──和葉が欲しいから。一刻も早く、名実ともに俺のものにしたい」

やけに真剣な表情に、切実な声。

彼ほどの男にこんなふうに言われて、落ちない女などいるだろうか？

（ずるい。この人はきっとわかってて言ってるんだ。私が拒めないことを……）

甘い台詞に惑わされているだけだと理解していても、されるがままになってしまう。

彼は和葉をそっとベッドにおろすと、追いかけるように覆いかぶさってきた。強引なようでいて、触れる手はすごく優しい。

「で、どんなふうに抱かれたい？　可能な限り、ご要望に応じてやるよ。──奥さん」

鎖骨をくすぐる熱い吐息、服を脱ぐ衣擦れの音、注がれる情欲のにじむ眼差し。すべてにドキドキして、頭が真っ白になりそうだ。どうしていいのかわからず、思わずギュッと目をつむる。

「こら」

困ったような彼の声がすぐ近くに聞こえ、そろりと片目を開けた。

「ちゃんと目を開けておけ」

「で、でも」

ほどよく鍛えられた上半身が視界に入ってきて、とてもじゃないけど直視できない。

（男の人なのに、どうしてこんなに色っぽいのよ！）

柾樹は不敵にほほ笑み、和葉の頬に手を添える。

「見ててほしいんだよ。俺がどうやって和葉を抱くか」

その言葉に、鼓動はまたスピードを増していく。まるで暴走する列車みたいで、そのうち大破してしまうんじゃないかと心配になる。

「めちゃくちゃ大事に抱くから」

ありえないほど甘く響く声でささやいて、彼は和葉の身体をきつく抱き締めた。

さっきまでは恥ずかしくてまともに彼を見ることすらできなかったのに、どうしてだろう？　今度は魔法にかけられたように、目をそらせなくなった。ただただ、彼を見つめていた。

宣言どおり、柾樹は宝物を扱うように触れ、初めての和葉が苦痛を覚えないよう丁寧に身体をほぐしてくれる。

「やぁ、ふっ」

漏れる声がだんだんと湿り気を帯びてくる。それに触発されるように柾樹の攻めも深く激しくなっていった。

「──和葉」

ひとつになるその瞬間も、和葉はまっすぐに彼を見ていた。

(なんてまぶしい人なんだろう。……太陽みたい)

裸のままの背中に彼の体温を感じる。身体はまだほんのりと熱くて、甘い余韻が抜けきっていない。

「思ったとおり、俺たちは相性がいい」

少しかすれた声がセクシーで、背筋がぞくりと震えた。

相性がどうとかはわからないけれど、彼の腕のなかにいる時間はとろけそうに心地よく、すっかりこの身を委ねてしまっていた。

情事が終わったあとも、彼は和葉を懐に抱き締めたまま放してくれない。優しく髪を撫でられると、勘違いしてしまいそうになる。

（私はただの契約妻。この人は妻が欲しかっただけで、私を欲しているわけじゃないのに）

「あの、円城寺さん。そろそろ服を着させてください」

軽く彼を振り返って、訴える。

「柾樹。そう呼ばないなら放さない」

普段は有能オーラを振りまいているくせに、やけに子どもっぽい一面も併せ持っている。

「ま、柾樹さん。いいかげんに放して……」

照れくさくて小さな声で言うと、彼はくるりと和葉の身体を反転させて今度は正面からギュッと抱いた。

「あ、あの」

「いいな、名前で呼ばれるの。――もう一回」

耳元に唇を寄せてささやかれる。

「――柾樹さん」

消え入りそうな声で要望に応えた。

「かわいいから、やっぱりもう少しこのままで」

「え、えぇ～」

柾樹はよりいっそう、強く和葉を抱きすくめた。

(や、やめてほしい。たとえ演技でも、嘘でも……こんなふうに扱われたらいい気分になっちゃうもの)

それでなくても、男性には免疫がない。優しくされることにも、ドキドキする台詞をささやかれることにも慣れていないのだ。

「というか、なんで〝さん〟づけ？　夫婦なんだから呼び捨てでいいだろう」

「無理です、それは絶対に」

間髪を入れずに答えると、柾樹はクッと苦笑する。

「まぁ、急ぐ必要はないか。これからは、ずっと一緒にいられるんだしな」

そんなふうにつぶやいて、胸に抱き締めている和葉の髪にキスを落とす。

(モテる人って、これが素なのかな？)

まるで昔から和葉を好きだったかのような台詞を、彼はナチュラルに口にするのだ。

自分が特別なわけではなく、女性にはみんなそうするのだろうとわかっていても……惑わされてしまう。

「育郎さんが元気になったら、またデートしよう」

「え?」

視線だけを動かして彼を見る。柾樹はにこりと無邪気な笑顔を見せた。

「前回は俺の趣味で選んだから、次は和葉の好きなところに行くか」

「私の……ですか?」

人並みにデートへの憧れはあった。映画や遊園地、それから……。

「じゃあ一緒に、スイーツビュッフェに行きたいです」

ずらりと並ぶおいしそうなスイーツを、いくら食べてもいいなんて天国だ。好きな人と行けたら楽しいだろうなと思っていた。

(べ、別に柾樹さんは好きな人ではないけどね。それに、安吾くんと企画しているアフタヌーンティーメニューの参考にもなりそうだし)

言い訳するように言葉を重ねた。

「芙蓉で、甘味の新メニューを開発したいなと思っているんです。だから、その勉強もかねて」

「うっ、甘いものはそんなに……」

柾樹の顔が露骨に渋くなる。

「苦手なんですね。なら、ビュッフェは安吾くんと登美子さんを誘ってみようかな」

柾樹とは別のプランをと和葉は考えたが、彼はやけに大きな声で「やっぱり行く」と言い出した。

「無理しなくて大丈夫ですよ」

「いいや、絶対に俺が一緒に行く」

こうと決めたら譲れない性格らしい。

「では、楽しみにしています」

素直にそう答えた。自分でも単純だなと思うけど、和葉のために苦手なものでも付き合ってくれようとする気持ちがうれしかった。

(沙月さんとのお見合いの件では、最低最悪の人だと思ったけど……案外優しい一面もあるのよね)

柾樹という男は複雑なのか単純なのか、いまだ全容がつかめない。

それからちょうど二週間後。育郎が無事に退院できることになったので、柾樹の了承を得て、和葉は早くも里帰りをすることになった。

病院に育郎を迎えに行き、ふたりで一緒に自宅へと戻ってきた。

茶の間の丸テーブルに向かい合わせに座って、ようやくひと息つく。

「退院おめでとう、おじいちゃん。本当によかった！」

「いろいろ世話をかけてすまないな。新婚早々に帰ってきて、よかったのか？」

「もちろん。柾樹さんもこころよく送り出してくれたし」

育郎は顔色もよく、倒れる前とちっとも変わらない元気な様子だった。

腫瘍は手術で綺麗に取り除くことができていて、このあとは薬物療法を続けながら、転移や再発がないかを観察していくことになるらしい。

（癌と聞かされたときはどうしようかと思ったけど、こうなってみると早く発見できてよかったな）

「それにしても、部屋でずっとゴロゴロしとくってのはなぁ」

育郎はあぐらを組み替えて、退屈そうな顔でぼやいた。

「気持ちはわかるけど、まだ店に出るのはダメだからね。しばらくは療養に専念して」

「はいはい」

「安吾くんと登美子さんにもお礼をしなきゃね。お店が営業を続けられたのも、ふたりのおかげだもの。そうだ、安吾くんのお料理すごく評判がいいよ。さすがはおじいちゃんが育てただけあるって、みんな褒めてた」

「おぉ、あいつの腕は本物だ。ここだけの話だが、きっと俺よりいい料理人になるぞ」

料理に関しては負けず嫌いなくせに、安吾を褒められることは心からうれしいようだ。彼をもうひとりの孫のように思っているのだろう。

「そうだ」

育郎はふと思い出したように声をあげる。

「円城寺先生にもあらためて礼をしないと。和葉の夫になったからって、借金の肩代わりまでしてもらって申し訳ない」

この件は手術が終わってすぐに、育郎にも話は通していた。

入籍を済ませるとすぐに、柾樹は芙蓉が銀行に借りていた金をすべて肩代わりして返済してくれた。『そういう契約で結婚したんだから、気にする必要はない』と言ってくれたけれど……和葉は少しずつでも柾樹に返していきたいと考えていた。

(契約といったって、どう考えても私に有利すぎる条件だもの)

もちろん〝契約〟のことは育郎には秘密だが、返済については和葉に賛成してくれた。『時間はかかるが、返させてほしい』と柾樹に話をして、最終的には彼も渋々うなずいてくれた。

(『返済はいつでもいい』と言ってもらえるだけで、結婚の対価としては十分すぎる

くらいだわ）

「優しい言葉に甘えてばかりもいられない。少しでも早く先生にお返しするために、がんばらないとな！」

張りきる育郎をやんわりといさめる。

「がんばるのは、元気になってからね！　柾樹さんも『礼はいらないから、早く元気になってまた料理を食べさせてほしい』と言ってたよ。すっかり芙蓉のファンになっちゃったみたい」

援助の理由は、芙蓉のファンだから。そう口裏を合わせてもらうよう頼んである。店のために結婚したことは、育郎には絶対に知られてはならない。

「わかったよ、今は療養に専念する。復帰したら円城寺先生のために、たんとうまいものを作ってやるからな」

「うん。柾樹さんも喜ぶよ」

これで育郎の心労もいくらか減っただろうか。今はとにかく店のことより、自分の治療に専念してほしかった。その環境を与えてくれた柾樹には心から感謝している。


育郎の退院から数日が過ぎた。

和葉は店に出て、お昼の営業の準備をしているところだ。

店は安吾や登美子と協力して、なんとか回せている。三人のうち誰かが休みを取る日には、親しくしている商店会のメンバーがアルバイトで入ってくれたりもしていた。

もちろん育郎が抜けた穴は大きいが、師匠の不在は安吾を大きく成長させる要因にもなっているようだった。テキパキと仕込みを済ませていく彼の姿を眺めて、思う。

(安吾くんもすっかり一人前だなぁ。彼のファンも増えているし、芙蓉はまだまだがんばれるよね!)

柾樹のおかげで資金繰りには余裕ができたし、絶対に芙蓉をつぶしはしないと気合いを入れ直す。

ふと視線を感じて顔を横に向けると、登美子と目が合った。

「どうしたんですか、登美子さん。私の顔になにかついてます?」

「ううん。和葉ちゃん、最近変わったわよね。雰囲気が柔らかく女らしくなった!」

「ええ⁉ 私をおだてても、なにも出ないですよ」

登美子の肩をパシパシと叩く。

「本当よ。やっぱり、女はいい男に愛されると変わるのね~」

『いい男に愛される』

急にベッドのなかでの柾樹の姿が思い出されて、和葉の頭はボンッと爆発を起こす。

育郎の退院日が決まってからはなにかとバタバタしていたし、彼も大きな手術をいくつも抱えていたりしたので……身体を重ねたのは、まだあの一度きりだ。だけど、その一度が頭を占領していてなかなか出ていってくれない。

（向こうも忙しいんだろうけど、実家に帰ってからは電話すらしていないし）

なぜだか、胸が切なく締めつけられた。

彼が恋しい。それをあっさり認められるほど素直じゃないので、ブンブンと頭を振って柾樹を思考から追い出した。

なのに……やっぱり彼はずるい男だ。その日の夜にタイミングよく電話をしてきて、和葉の心をかき乱すのだから。

『全然連絡できなくて悪かったな。このところ、やけに忙しくて』

「いえ、そんなこと気にしなくて大丈夫です」

（完璧に忘れられているかと思ってたのに、違ったんだ）

柾樹からの連絡に、思った以上に安堵していた。

こっちから連絡する勇気はないくせに、彼には気にかけていてほしいなんてワガママだと自分でもあきれる。

（これじゃ、彼を好きみたいじゃない）

それを否定したくて、またかわいくないことを言ってしまった。

「用もないのに電話をする必要はありませんし」

『俺のほうには大事な用があるぞ。――和葉の声が聞きたかった』

スマホごしなのに、すぐ近くでささやかれているような気がして顔が熱くなる。

「も、もうっ！　そういうのも必要ありませんから」

動揺しまくっていると、彼は楽しそうな笑い声をあげる。

『それに、もうひとつ用件がある。明日はオフになったんだが……少しだけでも会えないか？』

「え、私も明日は久しぶりにお休みをもらっています！」

今度はごまかせなくて、思いきりうれしそうな声を出してしまった。それに気づいたのか、柾樹はふっと笑う。

『じゃあ、ご要望のスイーツビュッフェだな』

約束を覚えていてくれた。それだけで胸がじわりと温かくなる。

「――はい。あ、あのっ」

『ん？』

柾樹の声が優しい。だから、ちょっとだけ素直になれた。

「電話をくださって、ありがとうございました」

『あぁ』


翌日。彼が車で芙蓉まで迎えに来てくれて、都内のホテルにふたりで出かけた。一階のラウンジで催されている『秋味スイーツフェア』は、たくさんの女性客でにぎわっていた。

和栗のモンブラン、ぶどうのミニパフェ、かぼちゃプリン。皿いっぱいにスイーツをのせてご機嫌で席に戻ってきた和葉を見て、柾樹は目を細めた。

「満足そうだな」

「はい、それはもう！　前回も豪華ですごかったですけど、こういう普通っぽいデートも私は楽しいです」

「そうか」

向かいに座る和葉にもはっきりとわかるほど、柾樹の頬が緩む。

「なんですか、ニヤニヤして？」

眉をひそめて、彼の様子をうかがう。

「いや……俺と出かけることをデートと認識するようになったんだなと思って」

「こ、言葉のあやですよ！」

「かわいげのない困った奥さんだ。素直に俺とのデートが楽しいと認めればいいのに」

柾樹は、からかわれてヘソを曲げた和葉の機嫌を直そうとする。

「言い忘れていたが、今日の服もよく似合ってるよ。その髪も、店でのまとめ髪と雰囲気が変わって新鮮だな」

和葉は普段からカジュアルな服装を好むし、店に出るときはお団子ヘアに地味な色無地の着物姿だから、女性らしい装いをする機会は少ない。

でも今日は……アイボリーのニットワンピースというレディライクな一着を選んだ。深めのVネックが大人っぽい。髪はオイルで艶を出し、もともとの癖をいかした女らしいニュアンスヘアに仕上げてみた。メイクもローズ系でいつもより華やかだ。

「あ、ありがとうございます」

（柾樹さんの隣で恥ずかしくないようにがんばった……ってことは内緒にしておこう）

照れをごまかすように、早口で彼に伝える。

「甘いものが苦手な柾樹さんも食べられそうなもの、持ってきましたよ。ほら、ケークサレとかフルーツとか」

「ありがとう。和葉のほうは……見ているだけで胸焼けしそうなラインナップだな」

「このくらい余裕ですよ！　お芋、栗、かぼちゃ。スイーツは秋が一番おいしいんですからね。あ、でもやっぱり苺も！」

秋もいいけれど、早春の苺スイーツも捨てがたい。

「――苺か」

懐かしむような顔で柾樹がつぶやいた。

「あ、柾樹さんも苺はお好きですか？」

「いや、俺でなく……昔なじみがな。苺が大好きで、いつだったかおなかを壊すまで食べたことがあったんだよ」

「わぁ～。その気持ち、わかります。私もついつい――」

そこではたと、言葉を止める。彼の意識が目の前の自分ではなく、まだ思い出のなかにあると気がついたからだ。これまで見たことないほどの、優しい笑みを浮かべていた。

「大切な思い出なんですね」

そう言うと彼はハッと我に返ったような顔になった。それから、ゆっくりとかみ締めるようにうなずく。

「そうだな。俺の初恋……だから」

細い針がチクリと和葉の胸を刺す。

(女の人なんだ。そんな相手がいたなんて……)

柾樹ほどの男がこれまで恋愛をしてこなかったとは思っていない。実際、彼の口から『これまでエスコートしてきた女たち』という言葉が出てきたこともあった。でも、その女性たちの話をしたときと、今の柾樹は全然顔が違う。きっと苺の彼女は特別な人なのだろう。

嫉妬と呼ぶにはまだ小さな炎が、胸をチリチリと焦がす。この火をこれ以上大きくしないよう自分をいましめた。

(彼に恋をしたりはしない、そう決めたじゃない)

初恋の話をこれ以上は聞きたくなくて、和葉は話題を変える。

「そういえば忙しかったと言っていましたが、柾樹さんの体調は大丈夫ですか？ちゃんと眠れていますか？」

「睡眠不足はいつものことだし、もう慣れた」

今日は自分に気を使って、無理して誘ってくれたのかもしれない。

(悪いことをしてしまったかな)

しゅんとする和葉に、柾樹は優しくほほ笑みかける。

「ひとりでダラダラ過ごすより、こうして誰かと話すほうが元気になれる。だから今日は付き合ってくれてありがとう」

「──はい」

（本当にずるい人だ。普段はあんなに強引で俺さまなくせに、肝心なところでは絶対に優しいんだもの……）

「でも、お医者さまはやっぱり大変なお仕事ですよね」

「病院の規模、どこの科の医師かによっても全然違うから、一概には言えないけどな。俺の場合は円城寺グループの経営にかかわる業務もあるし」

外科医の仕事に加えて、医療財閥円城寺グループの後継者としての役目も果たさなくてはいけないのだろう。きっと、和葉には想像もできない重圧があるはず。

「跡取りとして、昔から医師をこころざしていたんですか？」

「まぁ、そうだな。長男としての責任は幼い頃から感じていた。円城寺家になにかあれば、この国の医療体制そのものが揺らぐ」

財閥の家に生まれて、医師になれるほど優秀。誰もがうらやむ人生だが、ほかの人にはわからない苦労もあったのかもしれない。

柾樹は穏やかな声で続ける。

「けど、円城寺家に生まれていなくても、俺は医師を目指しただろうな」

「そうなんですか⁉」

少し意外に感じた。彼の性格なら、起業家なども似合いそうだと思っていたから。

「あぁ。人が希望を取り戻す瞬間に立ち会える感動は、何物にも代えがたい。俺はこの仕事が天職だと思ってる」

瞳を輝かせて語る彼に、目も心も、強烈に惹きつけられた。

「く、悔しいけれど……今、初めて柾樹さんをかっこいいと思いました」

素直に褒めたのに、不満げな顔が返ってくる。

「すぐに視力検査をしたほうがいい。俺はこれまでもずっと、かっこよかったはずだからな」

「もう、あいかわらずですね」

「ちなみに、これからもかっこいいぞ。そんな俺の妻になれて和葉は幸せだな」

柾樹らしすぎる発言に「ぷはっ」と派手に噴き出してしまう。

「和葉は？　昔から芙蓉を手伝うつもりだったのか？」

「はい！　芙蓉は私にとって一番大切な場所ですから。本当は厨房も手伝いたかったんですが、私はどうも繊細なお料理に向いていなくて……。冷蔵庫にあるものでパパッと作る家庭料理は得意なんですけど」

「ははっ、和葉らしいな」

ほがらかな笑顔を前にしたら、無性に彼に聞いてほしくなった。

これまで、自分から積極的に語ったことなどなかった過去を和葉は話し出す。

「――私がおじいちゃんと暮らしはじめたのは、八歳のときです。それまでは母とふたりで暮らしていたんですが……実は、その頃の記憶がほとんどなくて」

「記憶障害か」

あまり驚いた様子はなかった。医師である彼にとっては、それほど珍しい話ではないのかもしれない。人間の記憶は、案外と不安定で不確実なものなのだろう。

「はい。母のことも、どんな暮らしをしていたのかも、よく覚えていないんです。薄情な娘ですよね。母はシングルマザーで、きっと苦労して育ててくれたのに」

「それは違う」

きっぱりとした口調だった。弾かれたように彼を見ると、真剣な顔で言ってくれた。

「記憶障害の原因はさまざまだ。大事な人だけを忘れてしまうケースだってある。自分を責めるようなことはしてはいけない。和葉のお母さんだって、そんなこと望んでいないよ」

「……ありがとうございます」

「それにな、記憶は一時的に〝なくしてしまった〟かもしれないが、大事な思い出はなくなっていないはずだぞ。和葉の心にも身体にもちゃんと刻まれて、和葉を支えている」

彼の言葉が、胸の奥深くに染み入っていく。

(なくなっていない……思い出はちゃんと……)

ふいに目頭が熱くなって、こぼれかけた涙を手の甲で拭う。

『いつかきっと思い出せるよ』

『過去より、未来を大事にすればいい』

そんなふうに励ましてくれた人は過去にもいた。だけど――。

〝思い出はちゃんと残っている〟

こんな言葉をくれたのは柾樹が初めてだった。和葉はずっと、誰かにそう言ってほしかったのかもしれない。

おなかがはち切れそうなほどのスイーツを食べ終え、ホテルを出た。

「このあとはどうする？　映画はどうだ？」

「いいですね。ちょうど観たいなと思っていたものが」

だが、その瞬間に柾樹の上半身がぐらりと傾いた。

「だ、大丈夫ですか？」

慌てて彼の肩を支え、顔をのぞき込む。

「悪い、ただの片頭痛だ。寝不足だとたまに出るんだ」

「ええ……でも、身体が熱い気もしますよ。今日はもうマンションに帰りましょう」

「このくらい平気だ。映画を――」

その声を遮って、和葉は大きな声を出す。

「絶対にダメです。すぐに帰って休んでください」

柾樹に運転をさせるわけにはいかないので、運転代行を頼んで彼の――いや、もう自分の家でもあるマンションに帰宅した。

ベッドに彼を寝かせ、熱をはかる。

「熱、あるじゃないですか⁉　片頭痛じゃなくて風邪ですよ、きっと」

自宅に戻ったら気が緩んだのか、柾樹の顔はもう病人のそれだ。頬が上気して、呼吸も少し苦しそうだった。

「ごめんなさい、私がもっと早く気がついていれば……」

一緒に過ごす時間が楽しくて、夢中になってしまって、彼の異変を感じ取ることができなかった。

「それを言われると、俺の立場がなくなるだろうが」

「え？」

「……医師のくせに、和葉とのデートが楽しすぎて自分の体調不良にまったく気がつきもしなかった」

クスリと笑う彼につられて、和葉もほほ笑む。

「ゆっくり休んでくださいね」

「あぁ。和葉はタクシーで帰ってくれ。送ってやれなくて悪いな」

迷惑かなと思いつつも、勇気を出して言ってみた。

「まだ帰りたくない……です」

「は？」

「もう少し残って、看病したらダメですか？　一応、私はあなたの妻ですし」

柾樹は驚いたように目を瞬き、それからひどく困った顔で天井に向かって「はぁ」と息を吐く。

「迷惑ですか？」

彼はちらりと和葉に視線を移す。

「風邪はな、同じ空間にいると本当にうつるんだ。だから帰れと言ったのに……」

膝の上に置いた和葉の手に、柾樹の大きな手が伸びる。ギュッと握られて、心臓が小さく跳ねた。

「そんなこと言われたら、帰せなくなる」

顔を真っ赤にした和葉を見て、彼はもう一度深いため息を落とした。

「やっぱり帰れ。そういう顔も……キスしたくなるし、抱きたくなる」

「そ、それは絶対ダメですけど、看病はします!」

「——悪魔め。こっちは病人なんだからもっと優しくしろよ」

いつの間にか彼は眠ってしまった。寝顔を見つめていると、自然と頬が緩んだ。無防備な姿を見せてくれることを、うれしく思う。

(弱ってる柾樹さん、初めて見たな)

彼の汗ばむ額をハンカチでそっと拭く。

その瞬間、頭の奥がツキンとかすかに痛んだ。過去を思い出そうとすると出る、例の頭痛だ。

自分の記憶がしっくりこないような、奇妙な感覚に襲われた。

(眠る柾樹さんを見て、あの頭痛が起きた。どうしてだろう?)

(初めて……本当に?)

とても大事なことのような気がするのに、結局、違和感の正体を確かめることはできなかった。

柾樹が眠っている間に必要になりそうなものを買いに行き、戻るとすぐにおかゆを作った。目覚めた彼に食べさせてあげて、夜八時頃に実家に帰ることにした。

「すみません。やっぱり、おじいちゃんも心配なので」

ひと晩くらい彼についていてあげたいが、安吾たちがいなくなったあとで育郎をひとりにしておくのも不安だった。

「俺のはただの疲労からくる風邪だから。問題ないよ」

「もし、なにかあったら遠慮なく電話してくださいね! 駆けつけますから」

先ほど眠ったせいか、柾樹の身体はずいぶん楽になったようだ。彼はニヤリと笑う。

「ほら。俺に襲われたくなかったら、さっさと帰れ」

「おじいちゃんがもう少し元気になったら、またここに戻ってきてもいいですか?」

自分でも無意識のうちに、そんな台詞が飛び出していた。

（認めたくない気もするけど……柾樹さんと一緒にいると安心する）

彼の隣が自分の帰る場所だと、いつからか思うようになっていた。

柾樹は目をみはり、それからふっと笑った。

「当たり前のことを聞くな。むしろ戻ってこなかったら怒るぞ。――待ってる」

「はい！」

和葉はベッドサイドの椅子から立ちあがり踵を返す。足を踏み出しかけたところで、くるりと彼を振り返った。

「忘れものか？」

その質問には答えず、素早くベッドサイドに膝をつき、彼の頬にチュッと軽いキスをした。

「お、おやすみなさい！」

早口に告げて、柾樹の顔は見ずに逃げるように扉に走った。ドキドキと心臓がうるさく騒いでいる。

「……病人に拷問する気か」

ぼやくような彼の声を背中で聞いて、寝室の扉をパタンと閉めた。

四章　今すぐ俺のものにしたい

　それから一か月。十一月に入り、街も人も冬支度を始めている。からりと乾いた風の吹く、この季節が和葉は結構好きだった。

　育郎は順調に回復し、厨房にいられる時間も長くなった。

「師匠が元気になってくれて、本当によかったです」

　営業後の片づけ中、心から安堵した顔で安吾がほほ笑む。

「うん。最近、売上も好調だしね」

　資金面の心配もなくなり、育郎も安吾もいい料理を提供することだけに集中できているのだろう。『最近ますます味がよくなった』と評判も上々だ。

「そうそう。和葉お嬢さん発案のアフタヌーンティー、だいぶプランが固まってきたので、近いうちに試食をお願いしてもいいですか？」

　安吾の言葉に、元気よくうなずく。

「もちろん！　どんなメニューにするの？」

「それは、見てもらってからのお楽しみということで」

よほど自信があるのだろうか。ニヤリとして、もったいぶる。

「じゃあ期待して待ってるね」

それから、ふと思い出したように彼が尋ねてきた。

「そういえば、お嬢さんはいつまでこっちに？　そろそろ円城寺先生のところに戻らなくていいんですか？」

「あ、えっとね……明日、戻る予定なんだ」

なんだか気恥ずかしくて、視線が定まらない。『もう大丈夫だ』と育郎本人が言い張るので、柾樹と暮らすマンションに帰ることにしたのだ。

「あぁ、そうなんですね。……よかったです」

急に声がトーンダウンしたように思えて、彼の顔色をうかがう。どことなく表情が硬いようにも見えた。

「なにか、悩みごとでもあるの？」

心配になって聞くと、彼はハッとしたようにいつもの笑顔を取り戻す。

「いえいえ。なんでもありません！」

少し気がかりだったけれど、それ以上は聞くなという空気を出されてしまったので詮索はしなかった。

翌日。昼の営業を終えてから、和葉は柾樹のマンションへ向かった。芙蓉のみんなが気をきかせて、夜の仕事は休ませてくれた。

「た、ただいま……です」

新婚早々に里帰りしてしまったこともあり、まだ『ただいま』のひと言が妙に照れくさい。穏やかな笑みで、柾樹が出迎えてくれた。

和葉の帰宅に合わせて彼も仕事を調整してくれたようだ。

（ふたりでゆっくり過ごすの、いつぶりだろう……）

「おかえり」

大きな手がポンポンと和葉の頭を叩く。まるで娘に対する父親のようなそぶりだ。

「子ども扱いしないでください」

拗ねたように唇をとがらせると、彼は瞳の奥を光らせた。グイッと和葉の腰を引き寄せ、柔らかなバリトンでささやく。

「あぁ。女扱いされたかったか？」

心臓がドクンと大きく跳ねる。久しぶりのふたりきりという状況、それでなくても緊張しているのに、急に濃厚な色香を発せられると困ってしまう。

「そ、そういう意味では――」

頬が赤く染まり、視線はオドオドと宙をさまよった。

「たっぷり愛してやるつもりだから、心配するな」

否定をする間もなく、唇を奪われた。甘い蜜が混ざり合う、深く情熱的なキスに息も絶えだえになる。

「ふっ。ま、柾樹さんっ」

彼の手が背中を撫で回す。視線も、指先の動きも、ぞくぞくするほど官能的で和葉の本能を呼び覚ましていく。唇が離れて、すごく近いところで目が合う。

悩ましげに細められた彼の瞳は、まるで〝和葉が欲しい〟と言っているみたいだ。

「俺とのキスは嫌か？」

答えられないでいると、すぐにまた唇が寄せられる。

「はっきり嫌と言わないなら、やめない」

角度を変えながら、幾度もキスを重ねる。気がつけば、壁際に追いつめられ逃げ場を失っていた。柾樹の膝が脚の間に割り込み、互いの身体が密着する。彼の香りに包まれて、酔わされる。

（どうしよう、身体が熱くて……自分が自分でなくなってしまうみたい）

ウール地のフレアスカートの裾から彼が手を差し入れる。太ももを撫であげられると、全身がぶるりと震えた。

「ひゃ、あん」

なまめかしい声がこぼれ、慌てて自分の口を塞ぐ。

「柾樹さん。待ってください。こんな急に……」

たった今、帰ってきたばかりで、荷物もリビングルームの片隅に置いたままなのに。

「無理。今の和葉の声で、完全に理性が飛んだ」

本人の宣言どおり、なにかのスイッチが入ってしまったようで彼はますます攻勢をかけてくる。太ももを撫でていた手が、今度は胸元に触れる。下からすくいあげるように膨らみを包み、優しく揉みしだく。

「あっ、はぁ」

こうなると、もうあらがえない。和葉の呼吸が荒くなるのを確認して、柾樹は満足そうに笑む。

「離れていた妻が久しぶりに帰ってきたんだ。抱きたいと思って、なにが悪い？」

平然と言って、和葉を抱えあげた。

「ほら。もう逃げられない」

「……うぅ」

　不本意だと言いたげな顔で彼をにらむけれど、本気でないことは柾樹も……そして和葉自身にもわかっている。心のどこかで、こうして抱き締めてもらうことを望んでいた。

　柾樹は寝室へ入っていく。和葉の身体をベッドに押し倒すと、性急な仕草で自身の服を脱ぎ捨てた。

「ま、柾樹さん？」

　潤む瞳で見あげると、彼は「はぁ」と切ない吐息を漏らす。

「ずっと和葉に触れたくてたまらなかったから……気が変になりそうだ」

　柾樹は和葉のブラウスのボタンを外し、素肌を暴く。柔らかな胸の谷間に口づけ、所有印を刻もうとするかのように強く吸う。

「んっ。私だって、ドキドキしておかしくなりそうです」

「それは見たいな。俺の前でなら……いくらでも乱れていい」

　もう無我夢中で、逞しい背中にしがみつくことしかできなかった。

「――和葉」

　彼が自分の名前を呼び、離さないと言うように甘く指先を絡める。ひとつになるその瞬間、抱えきれないほどの幸福感に包まれた。

（彼に恋はしない。そう決めていたけど……なら、この思いはなんと呼べばいいんだろう）

柾樹と暮らすマンションに戻って、数日が過ぎた。

『俺は和葉を愛するし、それ以上の重みで、お前も俺を愛するようになる』

いつかの言葉を実現するかのように、彼は和葉をたっぷりと甘やかし、その心を溶かしていく。

（だけど……時々すごく不安になる）

『結婚相手なんか誰でもいいでしょう？』

偶然聞いてしまった彼の電話。あれをどう受け止めたらいいのか、わからないのだ。

和葉の隣にいるときの彼は、暴君だけど憎めなくて……優しいところも、かわいいところもたくさんある、一緒にいると楽しくて仕方のない旦那さまだ。

でも、それは彼のほんの一面でしかないのかもしれない。

有能な外科医で、グローバルな医療財閥である円城寺グループの後継者。才色兼備なご令嬢の久野沙月ではなく和葉を妻に選んだのには、合理的な理由もあったはずだ。

（私を大事にして、愛してくれるのも……ビジネスとしての決断なんじゃないかって

考えてしまう。柾樹さんの心があるのか不安になる)

そして、そんなふうに疑ってしまう弱気な自分が情けなかった。

(契約妻だけど、少しでも彼の役に立てるようになったら自信が持てるかな？)

「弁当？」

「はい。この前柾樹さん、忙しすぎて体調不良になったでしょう？　睡眠は私にはお手伝いできませんけど、栄養面ならサポートできるかなと！」

健康には睡眠と栄養が不可欠だ。夕食を外で済ませる日が多いぶん、昼は弁当にしたらどうか？と提案してみた。

柾樹は意外な言葉を聞いたという顔をしている。沈黙に耐えられず、和葉はさらに言葉を重ねた。

「おじいちゃんや安吾くんには及ばないですけど、家庭料理は得意なんです！　安吾くんも『玉子焼きはお嬢さんの作るものが世界一です！』って褒めてくれますし」

きっと喜んでくれると思っていたのに……和葉の期待した反応はない。柾樹はなにか考え込むような、微妙な顔で口をつぐんでしまった。

「あ……そうか。ランチもお付き合いとか、いろいろ都合がありますよね。ごめんなさい、ひとりで勝手に先走ってしまって」

がっかりする気持ちのにじむ声で言うと、柾樹はふと我に返ったようにこちらを見た。慌てた様子で口を開く。

「いや……弁当、助かるよ。付き合いがあるときはちゃんと伝えるし、楽しみにしてる」

彼が笑ってくれて、ホッと安堵する。

(よかった。とりあえず迷惑ではなかったみたい)

こうして、翌日から彼に弁当を作ることになった。

唐揚げ、ほうれん草のバター炒め、きんぴらごぼうに自慢の玉子焼き。やや子どもっぽいラインナップかもしれないが、初日なので王道で攻めてみた。ミニトマトやフルーツで彩りにも気を配っている。

「うん、ばっちり!」

余裕を持って、彼の出勤予定時刻の三十分前には完成させた。ちょうどそのタイミングで、リビングの扉が勢いよく開いた。

「あ、柾樹さん。約束の――」

その言葉を遮って、柾樹は早口に告げる。

「担当患者の容体が急変して、もう行かないとならないんだ。いってきます」

「いってらっしゃい」と返す間もなく、彼はバタバタと部屋を出ていってしまった。

おそらく、彼には見えなかったのであろう弁当に和葉は視線を落とす。

（渡せなかったな……）

少し迷ったけれど、芙蓉に出る前に円城寺メディカルセンターを訪ねて届けようと決めた。少し前まで育郎が入院していたこともあって、柾樹の所属する医局の場所などは把握している。


病院の長い廊下を歩いていると、育郎が世話になった顔見知りの女性看護師が声をかけてくれた。

「あら、望月さんの？」

「お久しぶりです。入院中は祖父がお世話になりました」

軽く会釈をして、あいさつを返す。

「今日は検査かなにかで？」

「いえ。今日は……その……円城寺先生に用があって」

彼女は困惑げに尋ねてきた。

「お約束はしていますか？　個人的な訪問だと、ちょっとお受けすることは……」

なにか勘違いされているようだった。和葉が柾樹のファンにでもなったと思われているのかもしれない。

(外科の看護師さんは大勢いるし、彼女は柾樹さんの結婚相手が私とは知らないのかな?)

「その、実は私、円城寺先生と結婚を……」

事情を説明しても、彼女の表情は余計にこわばるばかりだ。

「えっと、円城寺……柾樹先生のことですよね? 彼は独身ですけど」

意地悪で言っているような雰囲気はまったくなく、本当に当惑した顔をしている。むしろ、和葉がどうかしているのでは?と警戒している様子だ。

「と、とにかく、お約束がないと会うことは難しいと思います」

面倒そうに、そそくさと踵を返されてしまった。

残された和葉は、呆然とその場に立ち尽くす。すぐに状況をのみ込むことができなかった。

(たまたま彼女が知らなかっただけ……よね?)

そう思いたいけれど、柾樹はここの外科医というだけではなく円城寺家の御曹司だ。彼の結婚はビッグニュースになりそうな気もする。相手が入院していた育郎の孫娘とは知らなくても、独身だと信じているのは不自然じゃないだろうか。

(もしかして柾樹さん、結婚したことを職場で話していないのかな?)

柾樹の家族にあいさつもしたし、婚姻届も提出済み。結婚式の準備もそろそろ……と話していたところなのだ。もうとっくに、職場にも報告しているものと思っていた。

(あえて内緒にしている? 私のことを知られたくないとか……)

弁当の入ったミニバッグに視線を落として、下唇をかんだ。

(お弁当の話をしたとき、あまり乗り気じゃなさそうだった。それも、私の存在を隠したかったから?)

かなり悩んだが結局、弁当は渡さずに病院をあとにした。

きちんと恋愛して彼に選ばれたのなら、直接会って「どうして?」と問いつめることもできるだろうが……。

和葉はしょせん〝契約妻〟だ。彼が隠しておきたいと言うのなら異を唱える権利もない。

(私、ずいぶんと思いあがっていたな。いつかは本物の妻になれるような気でいて……)

その夜、柾樹は帰宅するなり和葉にわびた。

「すまない。今日から弁当の約束だったのに、急いでいて受け取らずに家を出てしまった」

和葉は目を伏せ、首を左右に振る。

「いいんです。自分で食べたので」

嘘ではない。もったいないので全部自分で食べた。柾樹は落ち込んだ顔で、大きく肩を落とす。

「明日からは絶対に忘れない。だから――」

「ごめんなさい。やっぱり朝、意外と大変で……。なので、栄養面は評判のいいサプリとか探しておきますね！」

重苦しくならないよう、和葉はあえて軽い調子で言った。

（望まれていないお弁当なんか押しつけて、柾樹さんに余計な気を使わせる必要はないもの。約束どおりに名目だけの妻でいればいいんだ……）

本当にそうなのだろうか？　和葉の隣で楽しそうに笑ってくれていた姿は全部まやかしだったのか。

もう、わからない。目の前の彼に聞いてみれば済むことなのに、声が出なかった。

「そうだ」と肯定されてしまうのが怖い。

曖昧な笑みで本心をごまかす。

「そう……か。わかった」

柾樹のほうも、言いかけた言葉をのみ込んだようだった。普段は思ったことをすぐ口に出すふたりだから、こんな空気になったのは初めてで……互いにどうしていいのかわからず途方に暮れた。


それから数日後。

ふたりはいまだに、かけ違えたボタンを直せずにいた。

会話がないわけではないけれど、どことなくギクシャクしてしまっている。即席夫婦だから喧嘩も仲直りも、やり方がわからないのだ。

ダイニングで濃いめのモーニングコーヒーを飲んで、和葉は深いため息を落とした。

（モヤモヤするな。すごく私らしくない気がする……。いっそのこと、当たって砕けてみたほうがいいのかも）

自分は恋愛初心者で、こういう事態にうまく対処できる大人の女じゃない。だけど、このままは嫌だった。喧嘩になってもいいから、なんとか状況を打破したい。

（私、柾樹さんと笑顔で話をする時間がすごく好きだ。やっぱりきちんと向き合おう）

そう決意した瞬間にふと、テーブルの上の小さなカレンダーが視界に入った。

(あれ？　もしかして明日って……)

大慌てで、出勤準備をしているはずの彼を捜す。こんなときは家の広さがもどかしく感じる。

ウォークインクローゼットの扉が開いて、彼が出てくる。和葉は勢い余って、柾樹の胸に顔をぶつけた。

「──っと。どうした？　そんなに急いで」

顔をあげて彼を見る。

「柾樹さん！　明日、誕生日ですよね？」

「えっ……あぁ、そういやそうだな」

自身の誕生日にはあまり興味がないのか、言われて初めて気がついたという顔だ。

(迷惑かもしれない。だけど！)

勇気を振り絞って和葉は言った。

「明日の帰りは遅いですか？　私、夜はお休みなんです。だから、もしよかったら……お祝いをさせてくれませんか？」

一緒に誕生日を祝って、そこで正直に話してみようと思ったのだ。

もし、職場で自分の存在を隠されているのだとしたら悲しい。理由を教えてほしい――と。

柾樹は驚いたように目を瞬き、それから本当にうれしそうにほほ笑んだ。

「明日は早く帰れる予定だ。楽しみにしてる」

「よかった！　あっ、なにか欲しいものはありますか？」

彼は真面目な顔で考え込む。

「和葉の手料理。この前、弁当を食べ損ねてしまったから」

「わかりました。気合いを入れて、フルコースで準備しておきますね」

「ありがとう」

柾樹の手が和葉の髪をくしゃりと撫でる。その手は大きくて優しくて、心を温かくしてくれた。

(私の知らない事情があるのかもしれない。ちゃんと話せば、なんでもないことかも)

急に、すべてがうまくいくような気がしてきた。単純な自分に苦笑する。

そして迎えた柾樹の誕生日。ゆうべ彼は宿直だったため、まだ「おめでとう」を言えていなかった。彼の帰宅を楽しみに待ちながら、夕食の準備をする。

和食は逆立ちしても育郎の味にかなわないので、メニューは洋食にした。

時間をかけて煮込んだポタージュスープ、新鮮な刺身のカルパッチョ、メインは牛ロースとじゃが芋のオーブン焼き。ワインと、それに合いそうなつまみも用意した。

「どれもおじいちゃんに褒められたことのある得意メニューだし、味は大丈夫なはず！」

テーブルコーディネートもばっちりで、あとは彼の帰りを待つのみ。

ところが、約束の時間を一時間過ぎても彼は帰ってこない。医師が定刻どおりにあがれる仕事でないことは知っているけれど、連絡もないので心配になる。

（患者さんの急変とか、あったのかな？）

そう思っていたところに、柾樹から短いメッセージが入った。

【すまない。仕事で、今夜は帰れないかもしれない】

「そっかぁ。残念だな」

和葉の口から本音がぽろりとこぼれる。けれど、人命を預かる仕事なのだから仕方のないことだ。気持ちを切り替えて、激励のメッセージを送る。

【わかりました、お仕事がんばってくださいね！】

誕生日を祝う言葉を添えるかどうか迷ったけれど、やっぱり会って伝えたいと思った。

（日付が変わる前に、帰ってきてくれることを祈ろう！）

柾樹はすごく大変な状況なのかもしれない。このメッセージへの返信はなかった。

誕生日が終わってしまうその瞬間まで、ダイニングで待ち続けていたけれど、彼は帰ってこなかった。

柾樹が帰宅したのは翌朝、和葉がちょうど仕事のために家を出る時間だった。

ふたりはダイニングルームで顔を合わせた。

「おかえりなさい。大変でしたね」

「あぁ……」

さすがに疲れた顔で、声にもハリがない。

「一日遅れですけど、お誕生日おめでとうございます！」

「ありがとう。ゆうべは、本当に悪かった」

許しを請うように、彼は頭をさげた。

「いろいろ、準備をしてくれていたんだよな」

「いえ、気にしないでください。私、もう仕事に出なくてはいけないんです。帰ってきたら、またあらためてお祝いさせてくださいね」

約束を破ったことで落ち込んでいる彼を励ますために、なんでもないという顔をしてみせる。

「あぁ、楽しみだ。俺はちょっとシャワーを浴びてくる」

柾樹は手にしていたスマホをテーブルの上に置くと、ヨロヨロと部屋を出ていく。

（すごくやつれているけど……大丈夫かな？）

心配だったけれど、今日は登美子が休みなので店に遅れるわけにはいかない。もう出ようと足を踏み出したところで、柾樹のスマホのバイブレーションがいやに大きく響いた。

「び、びっくりした～」

テーブルの際に置いてあったので、スマホは落ちそうになっている。それを直そうと手にしたところで、ふと画面上にポップアップで出てくるメッセージの文面が目に入ってしまった。柾樹はプライベートのスマホのセキュリティには無頓着なほうで、普段からロックもかけていない。

【ゆうべは一緒にいてくれて、ありがとうございました】

盗み見はよくないと思うのに、視線が小さな画面に吸い寄せられる。差出人の名前は――。

(みうら……ゆみ……さん。ゆうべ、女の人と一緒にいたの?)

仕事と言っていたのは嘘だったのだろうか。手が震える。この指先をほんの少し動かしてメッセージの全文を確認すれば、柾樹がゆうべ、なにをしていたのかがわかるかもしれない。

(ダメ。勝手に見るのは絶対によくないこと!)

なんとか誘惑を振りきって、彼のスマホから手を離した。

「とりあえず、店に行かないと」

動揺でバクバクと波打つ胸を押さえながら、逃げるようにマンションを出た。

夫婦といえども、スマホを勝手に見るのはルール違反。だけど……見なかった理由はきっと、それだけじゃない。

和葉の知らない女性と一緒にいる柾樹の姿が、やけにリアルに浮かんできて……心をかき乱す。

(決定的な事実は、知りたくない)

和葉を愛すると言ってくれた言葉、すべてが嘘だったとは思いたくない。でも、なんの疑いも抱かずに彼を信じていられるほど、できた妻にもなれなかった。

ありがたいことに今日の芙蓉はたくさんの予約が入っていて、目が回るような忙しさだった。おかげで余計なことを考えず、仕事に集中することができた。

最後の客を見送ったあと、厨房の奥で片づけをしている安吾に声をかける。

「私もそっち手伝うよ」

育郎は少しずつ店に出られる時間が長くなってきているものの、柾樹から『無理は厳禁』ときつく言い聞かされているので、夜は早めに自宅に戻るようにしている。臨時の手伝い要員も頼んではいるが、安吾の負担は大きいはずだ。

今夜も閉店作業は、和葉と彼のふたりで担当している。

「本当にありがとね。こうして営業を続けられたのも、全部安吾くんのおかげだよ」

「気にしないでください。俺みたいなのを拾って、育ててくれた師匠にはでっかい恩がありますから。少しでも返せていたら本望です！」

和葉はクスクスと笑って返す。

「安吾くんって、すっごい爽やか好青年だよね。昔、ヤンチャだったなんて全然信じられないや」

「そうですか？　初めてお嬢さんと会った頃は、まだひねくれてましたけどね」

「え～、そうだったかなぁ」

　他愛ない雑談をしながら、テキパキと作業を進めていく。すべて終わったところで、安吾が言う。

「もうちょっとだけ、時間をもらってもいいですか？」

「もちろん大丈夫だけど。どうかした？」

「えっと、例の新メニューの件で……」

　やや緊張した面持ちで、彼は切り出した。

「あっ、もしかして試食させてくれるの？」

　安吾はうなずき、業務用の冷蔵庫に向かう。その背中に和葉は話しかけた。

「いつの間に作ってたの？　今日は忙しかったのに」

「夜の営業が始まる前に」

　和葉の前に丸い飾り棚のような皿が置かれた。そこには色とりどりの数種の菓子が並んでいる。金箔のかかった抹茶ケーキ、繊細な細工の練り切り、苺と白餡のミニパフェ。

「わぁ～。和風アフタヌーンティーだ！」

　目を輝かせて、安吾作のスイーツに見入った。どれも美しく、おいしそうだった。

「苺はまだ旬には早いですが、お嬢さんの好物なので」

安吾は椅子を運んできてくれて、和葉に座るよう促す。

「食べてみてくれますか？」

「うん！」

ワクワクしながら、ひとつずつ試食させてもらう。安吾の料理はとても緻密だ。さまざまな味わいが口のなかでバランスよく広がって、彼の世界を感じさせてくれる。

「最高！」

率直な感想を伝えると、安吾はホッとしたように表情をほころばせた。

「ここだけの話だけど……甘味は、おじいちゃんの味をこえてきてると思うな」

「それは、俺にとってこれ以上ない褒め言葉です」

それから、彼は真剣な顔で新メニューについて語り出す。

「昼営業の遅い時間に、何組か限定でアフタヌーンティーをやってみるのはどうでしょうか？　店の高級感は損ないたくないので、それなりの値段設定にして」

「うん、お手頃価格にはしたくないよね」

価格と提供メニューのバランスについては、和葉もずっと考えていた。高価でも客に「納得、満足」と思ってもらうためには、どうしたらよいのか。

自分のアイディアを説明する。

「スイーツだけでなく、食事メニューもプラスするのはどうかな?」

お茶代と思うと高いけれど、ランチ込みならお得かもしれない。そう思わせるラインを狙うのだ。

「なるほど。そもそも、英国式はサンドイッチなどのセイボリーも必ず入っていますしね」

セイボリーは『塩気のある食べもの』という意味で、アフタヌーンティーにおいては食事系メニューをさす言葉だ。

「そう。だから和風セイボリーってことで、高級感のある凝った具材のおむすびを一緒に出すのはどうかな?」

おむすびは意外とどんな食材でも作れる。余ってしまった食材の活用にもいいと思ったのだ。

「いいですね。試作してみます。見た目をてまり寿司風にするといいかも……」

「うん、それ絶対に女性にウケると思う!」

和葉は顔を輝かせた。それを見て、彼は目を細める。

「――やっと笑ってくれましたね。無理した笑顔なんて……らしくないですよ」

「えっ」

安吾はかすかに眉をひそめて、続ける。

「なにがあったんですか？　今日はずっと、泣きそうな顔をしてる」

まっすぐな彼の眼差しに、嘘はつけなかった。

「さすが安吾くん。なんでもお見通しだね」

ほんの一瞬、安吾に相談してみようかと思ったけれど、すぐにそれは違うなと考え直した。

（誰かの意見を聞く前に、自分の気持ちを整理しないと）

自分がどうしたいかもわからないのに、相談しても意味がない。

「ありがとう。ちょっと考えないといけないことがあって……でも大丈夫だから！」

安吾は少し寂しそうな顔をしたが、強引に追及してきたりはしなかった。

「いつもより、ずいぶん遅くなってしまったから今日は送ります」

「平気よ。すぐ近くだし」

「そのくらいはさせてください」

きっと心配してくれているのだろう。その心遣いをむげにはできなくて、彼と一緒に店を出てマンションに向かう。

「すっかり冬だね。夜になると冷え込むなぁ」

星の見えない都会の夜空を見あげてつぶやくと、安吾は自分のマフラーを外して和葉の首にかけてくれた。

「風邪を引いたら大変ですから」

暖かなマフラーから彼の優しさが伝わってくる。

「——ありがとう」

柾樹と暮らすタワーマンションを前にすると、安吾は腰を抜かすほどに驚いた。

「こ、ここですか⁉」

「うん、すごいよね。ここが自分の家だなんて、私もまだ信じられない気がするもの」

「いやぁ、さすがは円城寺家ですね〜」

その言葉に嫌みな感じはなく、彼はただただ感心している。

「送ってくれてありがとう。安吾くんも気をつけて——」

「和葉お嬢さん！」

別れを告げようとした和葉の肩を彼の両手がつかんだ。正面から和葉を見つめて言う。

「ここでの暮らしが幸せなら、俺はなにも言いません。だけど……もし万が一、つらいことがあったら、迷わず芙蓉に帰ってきてください」

肩に置かれていた安吾の右手が、すっかり冷えきった和葉の頬に触れる。

「──そのときは、俺があなたを幸せにします」

向けられた瞳は熱っぽく、これまで接してきた〝安吾くん〟とは別人のように見えた。

「ずっと、ずっと好きだったんです」

きっぱりと言い切ってから、彼はそっと手を離した。

(安吾くんが……私を?)

動揺でなにも答えられないでいる和葉の背中に、鋭い声が飛んでくる。

「和葉!」

和葉より先に、柾樹の存在に気がついた安吾がつぶやいた。

「──円城寺先生」

和葉を挟んで、柾樹と安吾が対峙する。空気がピリッとする緊張感が走った。が、それはほんの一瞬のことで、すぐにふたりはなんでもないように話し出す。

「こんばんは、先生。今夜はかなり遅くなってしまったので、和葉お嬢さんをお送りさせてもらいました」

安吾が言えば、柾樹もごく自然に返事をする。

「あぁ、お気遣いをありがとうございます。本来ならば……夫である自分が迎えに行くべきところを申し訳なかった」

〝夫〟という単語を彼はいやに強調した気がした。

「いえ。彼女は俺にとっても大切な女性ですから」

安吾も、彼らしくない意地の張り方を見せている。表面上はにこやかなのに、空気は凍りつくように冷たい。そのテンションのまま、柾樹は安吾に別れを告げた。

「それでは。和葉、冷えるから部屋に入ろう」

まるで牽制するかのように、和葉の肩を抱きエントランスに入った。

部屋に着いてもまだ、ピリピリした空気が彼を包んでいる。

(柾樹さん、怒ってる?)

タイミング的に安吾の告白は聞かれていないと思うけれど、送ってもらったこと自体がまずかったのか。ちゃんと話をしなくてはと思うのに、こじれていくばかりでもどかしい。

リビングでふたりとも立ちすくんだまま、気まずい沈黙が流れていく。隣に立つ彼を見て、先に口を開いたのは和葉だ。

「遅くまで、おつかれさまでした」

「あぁ。そっちも、ずいぶん遅かったんだな」

怒りを押し殺したような声。そう感じるのは被害妄想だろうか。

「はい。前に少し話した、新メニューのことでちょっと居残りしてて」

「そうか」

やっぱり表情も硬い。気持ちを閉ざされているのをひしひしと感じた。

（安吾くんに送ってもらったことは私も悪かったかもしれないけど柾樹さんだって！）

〝ゆみさん〟を思い出すと、心にモヤモヤが広がっていく。今日は、これ以上話をしても余計に関係が悪化する。そんな予感がした。

「柾樹さん、お疲れですよね。先にバスルーム使ってください」

「そうだな。ゆうべは宿直でもないのに帰してもらえなかったし」

（ゆうべ、本当に病院にいたの？　女性と一緒だったんじゃ……）

疑う気持ちを消せない。〝ゆみさん〟への嫉妬めいた感情が胸に渦巻いて苦しかった。

和葉の表情が曇ったのを見て、彼はハッと我に返ったような顔になる。軽く頭を振って、気持ちを切り替えたようだった。

「ゆうべは……せっかく誕生日を祝ってくれる予定だったのに、本当に悪かった」

柾樹は真摯に頭をさげた。

「許してくれるか？」

おそるおそるといった雰囲気で、彼は和葉の様子をうかがう。彼がこの空気をなんとかしようと歩み寄ってくれていることはうれしいのに、素直になれない。

「別に怒ってはいませんよ。お仕事なら、仕方ないとわかっていますから」

『お仕事なら』の部分が、自分でもびっくりするほど嫌みっぽく響いた。

（感じの悪い言い方、我ながらかわいくないな）

自分との約束より仕事を優先した。それだけのことなら、怒ったり悲しくなったりはしない。彼の使命は、ちゃんと理解しているつもりだ。

ゆうべはどこでなにをしていたのか、〝ゆみさん〟とはどういう関係なのか、聞いてみればいいのだ。もしかしたら和葉が想像しているようなことは、なにもないかもしれない。

（だけど、もし……想像が当たっていたら？　ただの契約妻の私は文句を言う権利もなく、受け入れるしかないじゃない）

和葉が謝罪を聞き入れていないことを察したのだろう。彼は黙ったままだ。

「あの、本当に怒っているわけじゃないですから。今夜は私も疲れてしまって」

ふいに、柾樹の手が伸びてきて首筋に触れる。

「これ……和葉のか？」

首に巻かれた黒一色のマフラーを凝視している。

「あ。安吾くんの……返すの忘れてた」

それを聞いた彼の片眉がぴくりとあがる。柾樹は和葉の首からするりとマフラーを外し、投げ捨てた。

そのまま和葉の背中に腕を回し、グッと引き寄せる。

「怒っていないのなら、このまま抱いてもいいよな？」

「えっ」

大きな手が和葉の後頭部を包むと、すぐに唇が重ねられた。やや乱暴にねじ込まれた舌が、口内をなぞる。

「ふっ、んんっ」

そんなつもりはなかったのに、やけに甘ったるい声が漏れた。

「ま、柾樹さっ」

キスの合間になんとか声をあげ、彼の胸を押し返そうとするが、びくともしない。

スイッチが入った彼はもう止まらないようで……和葉を抱えて、ベッドになりそうなほど大きいカウチソファに運ぶ。

ふかふかの座面に組み敷かれ、逃げ道を塞がれる。

「ま、待って……」

「嫌だ。今すぐ俺のものにしたい」

子どもみたいな強情さで言って、柾樹はもう一度唇を合わせた。先ほどの強引さはもうなくなっていて、とびきり官能的なキスだった。熱く、甘く、脳をとろけさせていく。

ざっくりとしたニットの裾から彼の手が侵入して、和葉の素肌を探る。脇腹を撫であげられただけで、背中がしなるように震えた。

「はうっ」

その手は少しずつ上へあがってきて、レースのブラにかかる。そのままグイッと押しあげられ、彼の指先が小さな果実をつまむ。

「はぁ」

吐息のような喘ぎが漏れた。焦らすように撫で、ピンと爪弾《つまび》かれる。

「ん、あんっ」

「和葉のエロい声、たまらない」

煽るような台詞に肌がぞくぞくと粟立つ。

「四六時中、俺のことが頭から離れなくなるようにしてやるよ」

和葉の服を乱し、あらわになった素肌に彼は順にキスを落としていく。

身体中、火がともったように熱くて……内側からトロトロと溶けていくような心地がした。このままでは、彼の激情に流されてしまいそうだった。

どうにかあらがおうと、柾樹の胸をドンドンと叩く。

「待って。こんなの……違うっ」

快楽だけでつながってしまうのは、間違えていると思った。気持ちが追いつかないままに身体を重ねても、むなしくなるだけだ。

柾樹は横暴な面もあるけれど、大事なところでは和葉の気持ちを尊重してくれる。だから今夜もストップしてくれるだろうと思ったのに……彼は意地になったように、ますます攻め立ててくる。

和葉の両手首を頭上で押さえつけ、身動きを封じた。胸の頂を甘がみしながら、下腹部に手を伸ばす。

「んんっ」

「この身体に教えてやる。俺がどれだけ……和葉に囚われているか」

素肌にかかる彼の吐息は重く、熱い。

「柾樹さんっ」

「俺は、ずっと……和葉だけを……」

和葉を貫くまっすぐな眼差しは怖いほどで、柾樹であって柾樹でないように思えた。

ふいに迫ってくる恐怖に、身体がこわばる。

「やめてください。お願い……」

和葉の目尻に涙が光る。

「つっ――」

彼はようやく正気を取り戻した様子で、手首の拘束を解いてくれた。素早く上半身を起こし、彼に乱された服を整える。

「――悪かった。最低だな、俺は」

悲痛な声で言って、彼は頭を抱えた。

その言葉になんて返していいのかわからず、うつむくしかなかった。気まずい沈黙が続いたあとで、柾樹はゆっくりと腰をあげる。

「頭を冷やしてくる。先に休んでてくれ」

遠ざかる背中に、思わず声をかけた。

「柾樹さんっ」

彼が振り向く。

「あの、さっき……なにを言いかけたんですか？」

熱に浮かされたようになった彼が、つぶやいた言葉。

『俺は、ずっと……和葉だけを……』

(どういう意味？　私たちは知り合ったばかりよね？)

柾樹は自嘲するように薄く笑む。

「頭がどうかしていたんだ。なんでもないから、忘れてくれ」

パタンと音を立てて、リビングの扉が閉められた。ひとりになった部屋で和葉は思い悩む。

(ずっと？　まさか、私たちは過去に会ったことがあるの？)

数日後。昼と夜の営業の合間、短い休憩時間を和葉は育郎と過ごしていた。芙蓉の二階部分が望月家の生活スペースになっている。ふたりは茶の間で緑茶をすする。

(あれからずっと、柾樹さんの言葉の意味を考えているけど、全然わからないよ)

柾樹ほどの目立つ男性なら、一度会えば絶対に記憶に残っているはずだ。そうなると残る可能性は、和葉の失われている記憶のなか……ということか。

（八歳より前に会っていた？　そんなことありえるかな？）

和葉の母、和香子はシングルマザーで経済的には苦労していたらしい。円城寺家とかかわりがあったとは、とても思えない。

「ねぇ、おじいちゃん」

「なんだ？」

すっかり顔色もよくなった育郎が和葉を見返す。

「お母さんのこと、聞いてもいい？　おじいちゃんと絶縁状態だったとき、私とお母さんがふたりきりで暮らしていた頃のこと……おじいちゃんは本当になにも聞いていないの？」

育郎は少し申し訳なさそうな表情で、首を横に振る。

「あぁ。東京近辺にいたことは間違いないと思うがな……」

「そっかぁ」

和香子が亡くなる以前の話は、やはり詳しく知らないようだ。

「急にどうした？　昔のこと、無理に思い出そうとする必要はないんだぞ」

『記憶障害は、必死に取り戻そうとすると本人がつらくなる』

何人かの専門家にそんなふうに言われたこともあって、育郎はあまり和葉の失われた過去に触れない。和葉自身も、思い出そうとするとひどい頭痛が出るので、考えすぎないことに決めていた。

「うん、わかってる。ちょっと気になっただけ」

「それならいいが……」

育郎はそれでも心配そうにしている。

（もうおじいちゃんに聞くのはよそう。余計な心労をかけたくないし。どうにか自分で……）

現在から過去へと、和葉は記憶をさかのぼっていく。この家で暮らしはじめた頃のことはよく覚えているのだ。育郎の作る味噌汁がとんでもなくおいしくて、感動したこと。近所の子どもたちと仲良くなれてうれしかったこと。

けれどそれより奥は、鍵のかかった堅牢な扉に閉ざされていて進むことができない。

キーンと耳鳴りがして、頭がぐらりと揺れた。

（ダメ。やっぱり無理だ）

これまでだって、何度も思い出そうと努力はしたのだ。でも結果はいつも同じ。今になって、急にうまくいくはずもない。

となると、柾樹本人に尋ねてみるしかないだろう。

（〝ゆみさん〟のことも一緒に、ちゃんと話をしよう）

彼女のことだけではない。

初めて会ったとき、柾樹は縁談相手であった沙月を冷淡に振った。和葉はそのことも忘れてはいない。彼には自分の知らない顔があるのかもしれない。

けれど、それも含めて彼のすべてを知りたい、教えてほしいと思った。

夜。仕事を終えてから安吾に声をかける。

「安吾くん！」

振り向いた彼に、借りていたマフラーを差し出す。

「これ、ありがとう。クリーニングに出していたから、すぐに返せなくてごめんね」

「ええ!? そんなこと気にしなくてよかったのに。安物ですよ」

柔らかくほほ笑む彼に、勇気を出して切り出した。

「それから、この前のことなんだけど」

あの日、彼がくれた言葉を聞かなかったことにするわけにはいかない。ずっと兄のように慕ってきた相手だ。きちんと向き合わなくては。

（安吾くんが私を好きでいてくれたなんて、まだ信じられない気持ちだけど）

　でも彼は、冗談で告白するような人間じゃない。

『け、結婚って……安吾とか？』

　柾樹との結婚を報告したときの、育郎の反応を思い出す。

（もしかしたら、おじいちゃんも私と安吾くんが一緒になることを期待してたのかな？）

　もし柾樹と出会わなければ、いつか安吾と……そんな未来もありえたのだろうか。

「和葉お嬢さん。大丈夫ですか？」

　気遣うような安吾の声でハッと我に返る。自分の頬を涙が伝っていることに気がついて、驚いてしまった。

「ご、ごめん！　やだ、私……なんで泣いたりして」

　慌ててゴシゴシと涙を拭う。安吾は苦笑いで肩をすくめた。

「今さら告白しても……遅すぎましたね。一人前の料理人になってからなんて、ちっぽけな見栄を張らずにさっさと言っておくべきだった」

「安吾くん……」

「和葉お嬢さんの帰るべき場所は、もう別にあるんですね」

「――そうみたい。ちっともうまくいかないけど、でも……」

帰りたいと思う場所は、柾樹の隣だ。

切なくて、でもとびきり清々しい笑顔を安吾は見せてくれた。

「大丈夫。和葉お嬢さんならどんな困難も乗りこえられますよ。その逞しさに、俺は惚れたんですから！」

「ありがとう」

ごめんね、は言わないことにした。そんな言葉をきっと彼は望まないだろうから。

（やっと、やっと、自分の気持ちに気がつくことができた。私は柾樹さんが大好きなんだ）

別の未来、彼と出会わなかった道なんて……考えられないし考えたくもない。

自信満々な御曹司の顔、医師としての冷静沈着な一面、子どもみたいに喜ぶ素のままの姿。そのすべてを、たしかに愛おしいと感じていた。


店を出て、地下鉄の神田駅へと歩く。柾樹のマンションは芙蓉から徒歩十五分程度なので、いつもは歩いて帰っていた。だが今夜は激しい雨が降っているので、電車に乗ることにしたのだ。傘をさしていても、肩口がぬれて気持ち悪かった。

傘を閉じて駅構内に入ったところで、向かいから歩いてきた女性に声をかけられた。

「あら。やっぱり！　芙蓉の和葉さんよね？」

顔をあげると、清楚な美女がにっこりとほほ笑んでいた。

「沙月さん！」

芙蓉の常連客、柾樹の縁談相手であった久野沙月がそこにいた。芙蓉に来てくれるときはお嬢さまらしいワンピースや着物姿のことが多いが、今夜はキリッとしたブラックのパンツスーツに身を包んでいる。姿勢や立ち居振る舞いが美しいので、どんなファッションもよく似合う。

「育郎さんのこと、聞いたわ。お元気になられたそうで本当によかった」

彼女はもちろん、柾樹と和葉のことなど知らないのだろう。邪気のない笑みを向けられて、いたたまれないような気持ちになる。

（私が縁談を壊したわけではないけれど、もし沙月さんがあの一件で傷ついていたのだとしたら……）

あれこれ考えてしまって、「また店にいらしてくださいね」のひと言を言えずにいた。

「沙月」

雑踏の奥から背の高い男性が駆けてきて、彼女を呼ぶ。沙月は大輪の花が咲いたような笑顔を返している。同性の和葉でも、つい見とれてしまう美しさだ。

それだけで、長身の男性が沙月にとって特別な人であることがわかった。

彼は沙月より年上、三十代前半くらいだろうか。紺色のスーツにブルーのネクタイ。ちっとも派手な装いではないのに、とても華がある。さらりと流れる長めの前髪、顔立ちは上品で優しげな印象だ。ワイルド系の柾樹とは、またタイプの違う美男子だった。

(沙月さんと並ぶと本当に絵になる！　恋人、なのかな？)

ふたりの間を流れる空気が甘やかなので、そんな想像をしてしまった。

「こちらは和葉さん。お気に入りのお店のお嬢さんなの」

沙月が紹介してくれたので、会釈をして応える。

「望月と申します。沙月さんには、いつもご贔屓にしていただいております」

「そうなんですね。はじめまして、櫻井《さくらい》と申します」

彼が言うと、沙月は少し照れた様子で声をひそめる。

「その……私の恋人です。今度はデートで、お店にうかがってもいいかしら？」

「はい、ぜひ！」

(やっぱりそうなんだ。あれ、でもそうすると柾樹さんとのお見合いのときは……)

疑問が顔に出てしまったのだろう。和葉の表情を見た沙月が小さく肩をすくめる。

「ここだけの話にしてね。例のお見合いは破談になったの。実は……」

こっそり真相を打ち明けてくれた。

話によると、沙月はずっと彼のことが好きで、あの見合いは本意ではなかったらしい。けれど、久野家が世話になっている恩人からのすすめだったので断りきれなかったそうだ。

「うちも医療業界に身を置いているから、円城寺家をむげにするわけにはいかなくて……。あのまま縁談が進んでいたら、絢斗《あやと》さんのことは諦めなきゃと思っていたの」

沙月の恋人は絢斗という名前のようだ。

(じゃあ、柾樹さんの冷たい態度は結果的に彼女のためになったということ?)

沙月はふふっとほほ笑んで続ける。

「あの日ね、お見合いの前に……私、これが最後と思って絢斗さんに電話をしたわ。そしたら、その場面を見合い相手の円城寺さんに偶然見られてしまっていて」

そんなことがあったなんて、初耳だった。

「円城寺さんは厳しい方だってうわさがあったから、叱責されるんじゃないかと思ったのに、楽しそうに笑って『そういうことなら俺に任せてください』と言ってくれて」

「まさ、円城寺さんが？」

「えぇ。彼、私のために悪役になってくれたの。円城寺家のほうが圧倒的に立場が上だから、彼がノーと言えば縁談の話はそこでおしまい」

「そんな事情が……」

和葉は驚きに目を瞬いた。最低最悪だと思った柾樹の第一印象は、彼の優しさだったということなのか。

「うわさとは全然違って、とっても優しい人でびっくりしちゃったわ」

隣で話を聞いていた絢斗が拗ねたように唇をとがらせる。

「そんなに彼を褒められると、俺としては複雑だな」

沙月はクスクスと笑って、彼を見返す。

「そうねぇ、惜しいことをしたかしら？　なんて、そんなことあるわけない。私には……絢斗さんだけよ」

「あぁ。知ってる」

（ま、まぶしい！）

ふたりのラブラブオーラにすっかり当てられてしまった。

（でも、よかった。沙月さん、すごく幸せそう）

「ぜひ、次はご一緒にいらしてくださいね」

和葉が言うと、ふたりはうれしそうにうなずいた。

「ありがとう。そうだ、和葉さん。もし円城寺さんが芙蓉にいらっしゃることがあれば『ありがとうございます』と伝えてくれるかしら？」

表向きは沙月が振られたことになっているので、あの場では礼が言えなかったそうだ。

「かしこまりました！」

手を振って、ふたりと別れた。

（やっぱり柾樹さんには私の知らない顔があった。でもそれは、もっともっと素敵な一面だったんだ）

沙月の件がこういう真相だったのなら、誕生日の夜のことも和葉の想像とは違う真実があるのかもしれない。

（うん。やっぱり怖がっていないで、きちんと話をしよう）

帰宅すると、すぐにリビングにいた柾樹に声をかける。

「柾樹さん！　お話をさせてください」

和葉の勢いにやや驚いたようだったが、すぐに穏やかな声で返事をしてくれた。

「あぁ。俺も和葉の気持ちを聞きたい」

温かい紅茶を入れて、並んでソファに腰かけた。彼は黙って、和葉の言葉を待っている。なにから話すか迷ったけれど、先ほど沙月と会ったことから話しはじめた。

「沙月さんが教えてくれました。あの最低な態度は、柾樹さんの優しさだって」

彼女から頼まれた、柾樹への礼もきちんと伝えた。

「別に、彼女への親切心からしたことでもないけどな。ほかの誰かを思っている女性と結婚するのは、いくらなんでも嫌だと思っただけだ」

「でも！　そんな裏事情があったのなら、教えてくれたらよかったのに……。私、柾樹さんを傲慢で最悪な男だとすっかり思い込んでしまって」

包み隠さない発言に、柾樹はふっと笑う。

「彼女の事情を俺の口からベラベラしゃべるのもおかしいし、それに和葉は俺が正直に話しても信じなかったと思うぞ」

「え～。そんなことは」

「いや、絶対に『下手な言い訳して最低！』って、もっと印象が悪くなったはず」

なんだかありえそうな話で、言い返すことができなかった。

「俺がどういう男かは、言葉でごちゃごちゃ弁解するより行動で示せばいいと思った。

けど……」

自信たっぷりだった表情が少し曇る。膝の上で組んだ両手に、彼はそっと視線を落とす。

「うまくいってるように思ってたんだが、違ったのか？　和葉はまだ俺を信用できないか」

そうこぼした横顔はひどく寂しそうで、和葉は自分のことしか考えていなかったことをあらためて反省した。

「誕生日の夜のことをただ怒っているわけではないんだろう？　俺がなにをしてしまったのか、教えてほしい」

（理由も話さずに拒絶するような態度をとったら、柾樹さんだって不安になるに決まってる）

彼はいつでも余裕たっぷりだったから、いつの間にか甘えて当然のように思っていたのかもしれない。

「いろいろ、ごめんなさい。ちゃんとお話ししますね」

円城寺メディカルセンターに弁当を届けに行ったこと、看護師との会話から柾樹が結婚の事実を公《おおやけ》にしていないと知ったこと、すべてをきちんと伝えた。

「……そういうことか」

柾樹は額に手を当て、がっくりと脱力した。それから、和葉に向き直る。

「悪い。結婚を公表するタイミングは、俺の一存だけでは決められないんだ。グループの株価なんかに、多少なりとも影響があるかもしれないから。式の日程を決めてから、そこも詰めていくつもりだったんだ」

ビジネス上の問題なのだと説明してくれた。

「じゃあ、私の存在を隠したかったわけじゃないんですね」

「入籍も済んでいるのに、そんなことあるわけないだろ。タイミングだけの問題だ。まぁでも……そこも含めて、きちんと説明していなかった俺が悪かった」

「私こそ、ごめんなさい。入籍はあっさりと済ませることができたから、意外と自由なのかなと思ってしまっていて」

やっぱり円城寺家ともなると、なんでも簡単に進められるわけではないということか。

和葉の言葉に、柾樹はややバツの悪い顔で後頭部をかいた。

「入籍はな……俺がどうしても急ぎたいと一族にワガママを通したんだ」

「そうだったんですか!? それはなにか理由があって？」

「理由は、和葉を一刻も早く正式な妻にしたかったからだ。なにがなんでも、お前を逃したくなかった」

熱い眼差しを向けられて、胸が高鳴る。

（どうしよう。柾樹さんを好きだと自覚してしまったから……こういう言葉も、うれしくてたまらなくなる）

柾樹はどこかホッとした顔で続ける。

「そうか。あの日、弁当を届けてくれていたんだな。もしかして、作り続けるのは無理だと言ったのもその誤解のせいか？」

「はい。手作りのお弁当は、求められていないのかと思ってしまって」

「すごく、食べたかった。育郎さんやあいつは食べているのに、俺はダメなのかと正直ショックだった」

手作り弁当を食べたかったと素直にこぼす姿がかわいらしくて、和葉は目を細めた。

（あいつって安吾くんよね。なんだか――）

「自意識過剰だったら恥ずかしいんですけど、もしかして……安吾くんにヤキモチを焼いてますか？」

安吾の名前が出ると、柾樹はいつも様子がおかしくなる気がするのだ。和葉を強引に抱こうとしたきっかけも、安吾のマフラーだったように思う。

「そのとおりだ」

彼は和葉の肩を抱き寄せ、そっと耳打ちする。

「めちゃくちゃ嫉妬してる。俺の知らない和葉をずっとそばで見てきたあいつが、うらやましくて仕方ないんだ」

(嫉妬って、好きだからするものよね?)

胸が甘く疼く。〝嫉妬深い男性〟にいいイメージは持っていなかったはずなのに、彼のヤキモチはうれしく思うのだから現金なものだ。

「じゃあ、またお弁当作りますね!」

「あぁ、今度こそ絶対に忘れて出かけたりしない」

ふたりはクスリと笑い合う。

(大丈夫。〝ゆみさん〟もきっとなにか誤解があったんだ)

そう確信して、そのことも柾樹に尋ねた。帰ってこなかった誕生日の翌朝、ちらりとメッセージを見てしまったことを話す。

「仕事を優先されたことに怒っていたわけではないんです。本当は女性と一緒だったのかなと不安になってしまって……」

「ゆみ？　誰だ、それ」

けげんそうに、彼は思いきり眉をひそめた。シラを切っているようには見えない。

「誕生日の翌朝のメッセージか」

柾樹は自分のスマホを操作する。メッセージを確認しているのだろう。指先の動きがぴたりと止まったかと思うと、ぷっと噴き出すように笑った。

「ひろみ」

「え？」

「三浦裕実《みうらひろみ》。俺がなにかと面倒を見ている研修医で、柔道歴二十年の屈強な男だ」

「ええ、研修医さん？　しかも男性⁉」

メッセージの送り主が病院関係者である可能性は、すっぽりと頭から抜け落ちていた。

（じゃあ、仕事っていうのは嘘じゃなかったんだ。それに、一緒にいたのは男の人……）

勝手に、妖艶な美女で想像を巡らせていた和葉はぽかんとしてしまった。柾樹は笑いをこらえながら続ける。

「たしかに。あの巨体を忘れて女性からのメッセージだと思うと、意味ありげに読めなくもないな」

「めちゃくちゃ意味深なメッセージとしか思えなかったです」

「結婚を公表できる段階になったら、紹介するよ。礼儀正しくて、真面目ないいやつだ。ただ……外見の印象とは真逆で、内面が繊細すぎるんだよな」

柾樹の話によると研修医の彼――裕実は担当した元患者から、困った嫌がらせを受けているらしい。

「三浦が執刀した虫垂炎の術後、身体に不調が出ているとその女性は主張しているんだ。しかし助手としてついたベテランの医師も手術にはなんの問題もなかったと言っているし、そもそも彼女の訴える不調は虫垂炎手術の影響とは考えづらいものなんだ」

つまり、裕実には責任のないものと柾樹は考えているようだ。

「医療過誤は絶対に起きないとは言い切れないものだから、患者からの訴えには真摯に耳を傾けるべきだと俺も思っている。ただ彼女の主張は、『責任を取って結婚しろ』と三浦に迫ったり……さすがに目に余る」

医療過誤を訴えているというより、ストーカーに近い状況なのだろうか。

「でも、そんなに身体の大きな男性につきまとうなんて、逆にやり返されちゃう可能性もありそうなのに」

ある意味、怖いもの知らずの女性だと思う。柾樹は困った顔でため息をつく。

「だからこそ、三浦はあまり強く出られないんだろうな。彼女はそこに付け込んでいるんだ。あの日も彼女は三浦を待ち伏せして……」

口論になったあげく、彼女は錯乱状態になり倒れてしまったそうだ。

「じゃあ、柾樹さんはその対応を？」

「あぁ、帰ろうとしていたときにちょうど遭遇して……。三浦もだいぶ参ってしまって『本当に自分の手術ミスなのかもしれない』などと言い出すし。それで、手術の記録を一緒に確認したりして」

(そんな状況だったんだ)

「それで、彼女は？」

「うん。症状が落ち着くのを待って、俺からも少し話をした。錯乱症状に関しては専門医に相談するようすすめて、一応は納得してくれたように見えたんだが」

裕実も災難だが、付き合った柾樹も大変だっただろう。

「本当にごめんなさい。そんな大変な状況を、女性との密会と誤解したりして」

自分の浅はかさが恥ずかしい。

「いや。電話もせずに、短いメッセージだけで約束を反故にした俺も悪かった」

視線がぶつかり、和葉が照れた笑みを向けると柾樹も表情をほころばせた。

（全部、誤解だったんだ。よかった、仲直りできて！）

柔らかな空気がふたりを包む。

「でも、柾樹さんって面倒見のいいタイプだったんですね。ちょっと意外かも」

「白状すれば……俺だって誕生日は和葉と過ごしたかったよ。けど、外科医は今、深刻ななり手不足だからな。研修医を一人前に育てるのも、円城寺家の人間として大事な仕事だ」

外科や産婦人科など、勤務がハードになりやすい科は医師の間でも敬遠されがちという話は聞いたことがあった。柾樹は外科医としての視点、病院の経営陣としての視点、その両方で物事を見ているのだろう。

それに――。クスッと笑って付け加えた。

「三浦先生、これを乗りこえたらきっといいお医者さまになりますね」

柾樹が彼を買っていることは、言葉の端々から感じられた。かわいがっているのだろう。

「まぁな。勉強熱心で、患者思い。こんなことで……つぶれてほしくないんだよ」

「大丈夫ですよ。だって、円城寺柾樹が先輩としてその背中を見せているんですから」

彼が言いそうな台詞を代わりに言う。自信満々な和葉の笑顔に、柾樹もつられたようにほほ笑む。

それから、彼はふと思いついたように尋ねてきた。

「俺もひとつ意外なことがあるんだが」

「なんですか？」

不思議そうな顔で彼は続ける。

「看護師との話も三浦の件も、どうして最初から俺に聞かなかったんだ？　和葉なら『どういうことですか？』って、詰め寄ってきそうなものなのに」

「うっ……そ、それは……」

柾樹はまったく気がついてもいないようで、ただ首をひねっている。

観念して、正直に話す。

「怖かったんです。柾樹さんに、ほかに好きな女性がいたらどうしようって……」

和葉は羞恥に頬を染める。

（これ、ほぼ告白だよね。どうしよう、柾樹さんはどんな反応を――）

脳がキャパオーバーを起こしかけている和葉を、柾樹はグッと強く抱き締めた。早鐘を打つ心臓の音は自分のものか、彼のものか、どちらだろう。

「いない。ほかの女なんか目に入らない。俺には――和葉だけだ」

感極まったような声でささやかれ、胸が熱くなった。

もう降参するしかない。

「悔しいけど、柾樹さんの言ったとおりになってしまいました」

「え？」

「ほら、いつか言っていたでしょう。『俺は和葉を愛するし、それ以上の重みで、お前も俺を愛するようになる』って」

彼の言葉を繰り返す。いつの間にか、そのとおりになってしまった。

(悔しいくらいに、柾樹さんが大好きだ)

肩を揺らして、彼はクククッと笑った。

「あぁ、あれは正しくなかった」

柾樹は左手を和葉の頬に添え、至近距離で視線を合わせた。極上に甘い笑みを浮かべて言う。

「和葉がどれだけ俺を好きになってくれても、俺の愛のほうが重い。それだけは死ぬまで変わらない」

「そんなの、わからないじゃないですか？」

反論しても、彼は幸せそうにほほ笑むばかりだ。

「いや、俺にはわかるんだ」

それから、柾樹はじっと和葉を見つめる。

「そういえば、まだきちんと伝えていなかった気がするな」

「なにをですか？」

「――俺は和葉を愛している」

びっくりして目を瞬く和葉の頬に、彼は甘いキスを落とした。

「和葉は？」

反対側の頬に唇を寄せながら、艶っぽくささやく。

「わ、私も。柾樹さんのことが大好きで――」

勇気を振り絞った告白をのみ込むように、彼は唇を重ねた。角度を変えて繰り返されるキスはどんどん深く、熱くなっていく。

漏れる吐息が、互いの身体を昂らせる。

柾樹はどさりと和葉の身体をソファに押し倒すと、煽情的に瞳を輝かせた。

彼の口角がニヤリとあがる。

「この前は強引に襲いかかって悪かったたな。これでも反省したんだ。だから、今夜は和葉の合意を得ようと思う」

「ええ⁉　そんな、あらためて言われると……」

抱いてほしいと伝えればいいのだろうか。そんな猛烈に恥ずかしいこと、口にできる気がしなかった。顔を真っ赤にしている和葉を彼は楽しそうに眺めている。

「あ。からかってるだけですね。ひどいっ」

「いや、本気だぞ。俺は和葉が欲しい。和葉は……そうじゃないのか？」

答えなどわかっているくせに、言葉にさせようとする。

「も、もうっ。私も……柾樹さんが欲しいです」

彼の唇はとびきり甘くて、触れ合う素肌が心地よい。互いの身体がパズルのピースのようにぴたりと合わさる感覚は、何物にも代えがたい幸福を与えてくれる。

溺れるほどの愛に包まれて、身も心も満たされていくのを感じた。

(柾樹さんはどうなんだろう？　同じ気持ちだったらうれしいな)

「和葉……」

余韻でほてる身体を彼が優しく包み込む。こうして柾樹の胸に顔をうずめていると、幼い子どもに戻ってしまったような錯覚におちいる。

（無償の愛を注がれて、すべてから守られて……これに慣れたらダメ人間になってしまいそう）

柾樹の両手が和葉の頬を包む。

「柾樹さん？」

上目遣いに見つめると、とろけるような笑みが返ってくる。

「もう一度、味わわせて」

「ふっ、ん」

甘美なキスに溶かされる。

今だけはダメ人間でもいいかもしれない。そんなふうに思って彼の唇を受け入れた。

「あ」

「どうした？」

ようやく唇が解放されたタイミングで、和葉はあることを思い出す。

「大事なことをもうひとつ、聞き忘れていました」

まっすぐに目を見て、尋ねる。

「もしかしたら……私たちは過去に会ったことがあるんですか？　私が忘れてしまっている昔に」

ただの自惚れの可能性は否定できないものの柾樹の発言や行動から考えると、自分たちには、なにかつながりがあるのでは？という気がしてくる。

（俺さまな態度のおかげで見えづらかったけど、思い返せば彼は最初から私に親切すぎたもの）

出会ったばかりの女性に対する行動としてはありえないほどに、尽くしてくれていた。

（それに、柾樹さんの寝顔を見ていたら頭痛が起きたことがあった。あれは、忘れている記憶が関係しているのかも……）

長い沈黙がおりた。

柾樹は難しい顔で逡巡したすえに、ようやく口を開く。

「和葉に嘘はつきたくないから、正直に言う。答えはイエスだ」

「やっぱり！　ごめんなさい、私……必死に考えても、どうしても思い出せなくて」

彼は覚えてくれているのに、自分は忘れてしまっている。逆の立場だったらとても悲しいと思う。申し訳なさでいっぱいになる。

「大丈夫だ。聞いてくれ、和葉」

彼は和葉を落ち着かせるよう、ゆっくりと語りかける。

「無理に思い出す必要なんかない。俺たちはたしかに過去に会ったことがある。でも、俺は過去がなくても絶対に和葉に恋をした」

「芙蓉で、俺に啖呵を切ったお前に惚れたんだ」

「――柾樹さん」

彼の優しさに心が震えた。彼は、昔を忘れてしまっていることも含めて、今の和葉を肯定し愛してくれる。和葉の不安を、ひとつも残さず取り去ってしまった。

「――ありがとうございます」

声を詰まらせながら、感謝を伝えた。

「今、俺たちは愛し合っている。大切なのはそれだけ、だろう?」

柾樹の深い愛情が、和葉を丸ごと包み込む。

「はい」

目尻からこぼれた滴を彼がそっと拭ってくれた。

(今とこれからを大事にしよう。私が柾樹さんを……幸せにしたい)

五章　誰よりもかっこよくて、誰よりもすごい

総合病院、製薬会社、医療機器メーカー、美容関連企業やスパ&リゾートまでも傘下におさめる医療財閥、円城寺家。その絶対的な影響力は、国内だけにとどまらず世界中に及ぶ。権力も財力も、他《た》の追随を許さない。

そんな円城寺本家の屋敷では、たくさんの人間が働いている。住み込みで勤めている者も多く、彼女――望月和香子もそのひとりとしてやってきた。

柾樹が十歳のときのことだ。

「よろしくお願いいたしますね、柾樹お坊ちゃま」

ふんわりと彼女はほほ笑んだ。身なりはどちらかといえば質素なほうだったが、上品で育ちのよさが感じられた。彼女は娘を連れていた。

「和葉です」

和香子が娘を紹介する。柾樹より三つ年下の七歳だそうだ。顎ラインで切りそろえられたふんわりしたボブヘア、短めの前髪の下にある大きな瞳が好奇心に輝いている。
彼女はしげしげと柾樹を見つめ、言った。

「まさきくんっていうの？　じゃあ、まーくんだね！」

「こらっ、和葉。柾樹お坊ちゃまと呼びなさい」

「え〜言いづらい……」

かわいらしく口をとがらせている。天真爛漫を体現したような少女だった。

「いいよ。別に、それで」

どうしてそう答えたのか、自分でもわからない。不思議と「なれなれしい」とも「嫌だ」とも思わなかったのだ。

柾樹は勉強も運動もできる優等生だけれど、大人たちには『気難しくて扱いにくい子』だと思われていた。実際、そのとおりなのかもしれない。

だから、柾樹が和葉を受け入れたことを周囲の者たちは意外に感じたようだ。

「和葉ちゃんといるときは、柾樹がちゃんと子どもに見えるわね。なんだかうれしいわ」

柾樹の母、寧々はふたりの様子に目を細めて、そんなふうに言った。

『まーくん』

彼女が自分を呼ぶ声は、いつも耳に心地よく響いた。

和葉はあっという間に屋敷になじみ、従業員からも柾樹の家族からもかわいがられた。柾樹にとっても、彼女は心を許せる唯一の存在になっていった。

和葉が来て一年が過ぎた、ある冬の日。

錦鯉の泳ぐ池、手入れの行き届いた立派な松の木。贅を尽くした日本庭園を、築地《ついじ》塀《べい》がぐるりと囲う。誰もがうらやむ豪勢なお屋敷。

けれど幼い柾樹の目には、この高い塀が自分を閉じ込める檻のように見えていた。

父も母も大好きで、尊敬している。だからこそ、時々プレッシャーに押しつぶされそうになるのだ。右手に持っていた、返ってきたばかりの答案用紙に視線を落とす。

まるでなかったことにするように、ぐしゃりと握りつぶしてズボンのポケットに突っ込んだ。

師走の冷たい風が頬を刺す。喉からヒューヒューと嫌な音がして、柾樹はグッとシャツの胸元をつかんだ。

「まーくん！　どうしたの、大丈夫？」

振り返ると、和葉が心配そうにこっちを見ていた。林檎のように赤く、丸い頬がなんとも愛らしい。

「和葉……」

「喘息？　外は寒いし、早くおうちに入ったほうがいいよ」

「――うん」

小さな手が柾樹の手首を引っ張る。情けないけれど、彼女の手の温かさにホッとして少しだけ呼吸が楽になった。

使われていないときは、ふたりの遊び場になっている広々としたお座敷。座布団を並べて座った。

暖かい室内に入り発作を鎮める薬を使うと、うるさかった喘鳴《ぜんめい》もおとなしくなった。

「どう、まだ苦しい？」

和葉を安心させようと、ふるふると首を横に振る。

「ううん、もう大丈夫だ」

「よかった！　こんなに寒いのに、どうしてお庭に出てたの？　お散歩？」

「ちょっとな……」

「また悩みごと？　まーくん、センサイだから」

大人が使っていたのであろう難しい言葉を得意げに使う彼女に、柾樹は唇をとがらせる。

「別にそんなんじゃないよ」

口ではそう言ったけれど、柾樹の喘息は不安や心配ごとがあるときに悪化しやすいのも事実だった。ついボソッとこぼす。

「今日、算数のテストが返ってきたんだけど……九十八点だったんだ」

いつも満点なのに、くだらないミスをしてしまった。こんな間違いをしていて、将来ちゃんと医者になれるのか、立派な〝円城寺家の後継者〟になれるのか不安になってしまったのだ。

和葉はキョトンとした顔で小首をかしげた。

「えーっと、自慢?」

「九十八点を自慢するほど、俺は低レベルじゃない」

学校の友達には絶対にこんなこと言ったりしない。世間知らずのお坊ちゃんでも、こういう発言が反感を買うことくらいはわかっている。

(和葉なら大丈夫。和葉は……)

「なるほど。まーくんの九十八点は和葉にとっての三十点か。うん、それはショックだよね」

彼女といるとホッとする。和葉のこの性格に、いつも救われている。

『礼儀がなっていなくて、本当にごめんなさいね』

和葉の母の和香子はよくそんなふうに言うが、〝円城寺家の後継者〟ではなく、ただの柾樹を見てくれるのは和葉だけだ。

「心配いらないよ。まーくんなら、次は百点取れるから！」

底抜けに明るい笑顔で彼女は言う。

「なにを根拠に……」

「本当だって！　じゃあ、和葉がおまじないをかけてあげる」

「なんだよ、それ」

和葉は柾樹の手を取り、円を描くように撫でた。

「くすぐったいって」

「まーくんは誰よりもかっこよくて、誰よりもすごい。だから絶対に大丈夫」

おまじないは信じていないけれど、たしかに和葉の声は柾樹に力を与えてくれるような気がした。

「これからも不安になったら、このおまじないをかけてみてね」

彼女は得意げに鼻を高くした。

「俺、かっこいい？　顔？」

『顔がかっこいい』は学校の女の子たちにもよく言われる。けれど、和葉に言ってもらったのは初めてだった。

「そうだね。初めて会ったときは『王子さまみたい』って、びっくりしたよ。でも――」

和葉はじっと柾樹を見つめてきた。特別にかわいい顔立ちの子というわけではないのだろうけど、彼女のキラキラと輝く瞳が好きだった。

「なんだよ?」

「まーくんのかっこいいところはね、いつも一生懸命なところ。お勉強もすごいし、喘息があって苦しいのにマラソンもがんばってた。あとね……いつも和葉に、苺をちょっと多くくれる!」

「ははっ」

思わず噴き出してしまった。と同時に、なぜだか泣きそうになった。自分の努力をわかってくれている人がいる。それだけで、これからもがんばれる気がした。

和葉は苺が大好物だ。つい最近も、食べすぎておなかを壊した。

「苺はやるよ。その代わり、これからも……さっきのおまじないは和葉がかけてよ」

自分でかけるよりそっちのほうが、効果がありそうだ。

「わかった。約束ね」

大切な友達、かわいい妹、そして……初恋の女の子。

ずっと一緒にいられるものと信じていたのに、別れは思っていたよりずっと早く、突然だった。

「和葉っ。なんでだよ。ずっと一緒だと思ってたのに」

松の木の下で、必死に引き止めようと彼女の両手を握った。和葉も寂しそうな声で答えた。

「わかんない。イッシンジョウのツゴウってお母さんが……」

和香子が急に仕事をやめて、和葉たちはこの屋敷を出ていくことになったのだ。柾樹の母、寧々もとても残念がったが、和香子の意思は固いようだった。

「……和葉のこと忘れないでね、まーくん。和葉も絶対に忘れないから」

彼女は健気に笑顔を作ろうとする。

つないだ手に柾樹はギュッと力を込めた。それから、深呼吸をひとつして言う。

「和葉、俺と結婚して。誰よりもかっこよくて、誰よりもすごい男になって、和葉を迎えに行くから」

和葉は丸い目をさらにまん丸くして驚いている。

「ダメか？」

そう聞くと、彼女は勢いよくブンブンと首を左右に振った。

「ダメじゃないよ。和葉はまーくんのお嫁さんになる」

「うん。じゃあこれは約束の証な」

柾樹はそっと、和葉の頬に唇を寄せた。


和香子は退職の理由を『やってみたい仕事が見つかったから』と話していたらしい。

「前向きな理由だもの。しつこく引き止めるわけにはいかないわよね。落ち着いたら連絡してと伝えたから、和葉ちゃんともまた会えるわよ」

寧々のその言葉だけが柾樹の支えだった。けれど、ふたりが去って半年ほどした頃、寧々は知人の話から和香子のその後を知ることになった。

詳細を伝える寧々の表情は暗く沈んでいる。

「三鷹《みたか》にうちの系列の病院があるでしょう。そこの院長の話よ」

彼は末期癌でやってきた女性患者の顔に見覚えがある気がして、気になっていたそうだ。けれど彼女はあっという間に亡くなってしまって、結局本人に尋ねる機会もなかった。

ところが、ある日ふと、円城寺本家にお邪魔したときにお茶を出してくれた女性だと思い出したのだそうだ。泣きぼくろが、自分の母親と同じだったため強く印象に残っていたらしい。

「それって……」

「ええ。院長から内密に教えてもらったんだけど、亡くなった患者さんは和香子さんだったわ。末期癌だったという話だから、きっとうちに迷惑をかけないように黙ってやめてしまったのね。……彼女らしいわ」

和香子には親切にしてもらった。その彼女がもうこの世にいないなど、とても信じられない。

「和葉は？」

声がかすかに震える。

あんなに母親が大好きだった和葉は今、どんな気持ちで過ごしているのだろう。心配でたまらなかった。

「私もそれが気がかりで。もし身寄りがないなら、うちで一緒に、と思ってるくらいなんだけど……」

寧々はつてを駆使して和葉の行方を調べてくれた。円城寺家の情報網はそこらの調査会社より数段上なので、彼女のことはすぐにわかった。絶縁状態にあった祖父と暮らすことになったらしい。

「神田で飲食店をされているらしいわ。うちの病院のすぐ近くだし、会いに行ってもいいか聞いてみましょうね」

寧々も、もちろん柾樹も、断られることは想定していなかった。これでまたいつでも、和葉に会うことができると思っていた。

ところが、和葉の祖父、育郎の返事はノーだった。

寧々は神妙な表情で、柾樹に説明してくれる。

「それがね、和葉ちゃん……お母さんを亡くしたショックで記憶障害を起こしているそうなの。お母さんのことすら、よく覚えていないって。だから柾樹や私のことも――」

「そんなはずない。会えば絶対に思い出すよ。和葉が俺を忘れるはずない！」

柾樹は叫ぶ。だって約束したのだ。絶対に忘れないと――。

「会わせてよ、頼むから」

柾樹がらしくない駄々をこねたことに、寧々はとても驚いていた。家のことはたいてい自分で解決する彼女が珍しく、夫である芳樹を頼った。

「柾樹。気持ちはわかるが……記憶障害はデリケートで難しい症状なんだ。私が和葉ちゃんのおじいさんの立場でも、おそらく同じことを言うと思う」

育郎は円城寺家には心から感謝していると話してくれたらしい。それでも『会わないでくれ』と頼む理由は、もちろん和葉のためだ。

「無理に思い出そうとするより、新しい生活を大事に。そのとおりだよ。和葉ちゃんのためを思うなら……わかるな」

和葉のため。そう言われたらなにも反論できなかった。うつむき、下唇を強くかむ。

遠くから一目様子を見るだけでも……そんなふうにも考えたが、やめておくことにした。だってきっと、会えば声をかけたくなってしまう。

「本当に覚えていないのか？」と、和葉を苦しめる言葉をうっかり口にしてしまうかもしれないから。

東京という街は人が多すぎる。そう離れていない場所で暮らしているのに、和葉に会えないまま月日だけが流れていった。

『俺は誰よりもかっこよくて、誰よりもすごい……』

悩みや迷いが生じたときには、決まってそうつぶやいた。和葉のおまじないの威力は絶大で、いつも柾樹を支えてくれた。

大人になった今は、ちょっとやそっとじゃ揺らがない確固たる自信を手に入れたし、喘息の発作が出ることもなくなった。

（我ながら、いい男になったと思うんだけどなぁ）

柾樹の努力は全部、和葉にふさわしい男になるためだったのに……肝心の彼女がいない。

外見と財力という甘い蜜を求めて、柾樹の周りには美しい蝶のような女性たちが代わるがわるやってきた。誘われれば食事に出かけるくらいのことはしてみたが、二度目につながるような相手はいなかった。

女嫌いではないと思うが、和葉以外はみな、同じ顔に見えてしまう。いつまで経っても彼女の存在が大きすぎて、どんな女性が現れてもまったく興味が湧かなかった。運命の女性に出会うのが早すぎたのかもしれない。

（和葉に……会いに行ってみようか？）

そう考えるたびに臆病風に吹かれて、結局は足を踏み出せなくなる。

和葉を苦しめたくないという思いが半分、残り半分は……ただの恐怖心だ。

彼女は明るくて強いから、きっと幸せに暮らしているだろう。それを知って安心したい気持ちもあるが、彼女の人生に自分は必要ないと目の当たりにするのが怖くもあった。

（いいかげん、踏ん切りをつけるべきなんだろうな）

あらためて確認しにいくまでもなく、和葉はもう柾樹の存在しない道を歩んでいるのだ。

久野沙月との縁談が持ちあがったのは、そんなときだった。といっても、縁談の話自体はしょっちゅう舞い込むので驚くことでもない。ただ、これまでと違うのは……久野沙月は柾樹の妻として完璧すぎるのだ。

「これ以上はない良縁だと思うぞ。久野家は同じ医療業界に身を置く良家、彼女のご両親の人柄も素晴らしい。なにより沙月さん本人が、魅力的な女性なんだ。柾樹くんも会えば絶対に気に入るはずだ」

今回の縁談を持ちかけてきたのは、十歳年上のハトコに当たる人物だ。彼は鼻息荒く力説した。すっかり沙月のファンになっている様子だった。

（まぁ、実際……ちょうどいい相手だよな）

身も蓋もない言い方をすれば、こちらにとっては都合のいい話だった。悪い評判を聞かない旧家で、事業も堅実。円城寺家は結婚相手の助力など不要だから、相手にあれこれ要望する気はない。だが、財界での評判がいいにこしたことはないだろう。

（そんなの関係ない。そう言い張るほどの熱意を持てそうな女もいないしな）

和葉を吹っ切るべきか、そう思ったタイミングで降って湧いた縁談話。

（これも運命かな）

縁談を受け入れるのも悪くないかもしれない。やっとそんなふうに考えられるようになったのに、ハトコから見合いの場所を聞いて愕然とした。

「神田の芙蓉⁉」

「そう。沙月さんのお気に入りらしくてな、地味でこぢんまりとした店だが、味は抜群らしい。常連客はちょっと驚くような顔ぶれだぞ」

芙蓉の評判は聞いたことがあった。知人から『一緒にどうか？』と誘われたこともあるが、上手にかわしていたのだ。そこが、和葉を引き取った育郎の店だと知っていたから。

（よりによって、芙蓉で見合いか……）

適当な理由をつけて違う店にすることもできたはずだが、あえてしなかった。和葉が今も育郎と暮らしているのかは知らないが、もし彼女に会えたら自分の気持ちもはっきりわかるのではないかと考えたのだ。

（縁談を進めるか、ストップすべきか、そこで決めよう）

見合い当日。柾樹はノーブルなダークグレーのスーツに身を包み、約束の時間よりずいぶん早く芙蓉の前に立った。父親の芳樹は海外滞在中のため今日も欠席。母親の寧々と、この縁談の仲人的立場であるハトコが同席する予定になっているが、ふたりに断りを入れてひとりだけ先に来たのだ。

芙蓉は老舗らしい風格ある門構えの、よさそうな店だった。

(和葉はまだ、ここにいるのだろうか?)

真っ先に頭に浮かぶのは、縁談相手ではなく彼女のこと。その時点で、もう結論は出ているのかもしれない。

そのとき、裏口からゴミ袋を抱えたひとりの女性が出てくる。目が彼女に釘付けになった。

もちろん大人の女性になってはいるが、印象は驚くほどにあの頃と変わっていない。くりっとした大きな目も、丸い頬も、全身からにじみ出る明るいオーラも当時のまま。

「和葉だ……」

彼女はゴミを置くと、すぐになかに引っ込んでしまった。それでも、柾樹はしばらくその場から動けなかった。

温かなものが頬を伝う。元気な姿が見られただけで、喜びに心が震えて、思いがけず涙がこぼれた。

（ほかの女と結婚できるなんて、ちらりとでも思った俺が馬鹿だった。俺は……まだ、こんなにも……）

自分が誰を愛しているのか、ほんの一瞬の邂逅だけで思い知らされた。

沙月には誠心誠意の謝罪をして、この縁談は断ろう。そう決意した。

腹が決まると、待ち合わせの時刻まですることもなく手持ち無沙汰だった。自販機で飲みものでも買おうかと大きい通りに出る。ほんの少し前にいる振り袖を着た女性の後ろ姿に、柾樹は足を止めた。

（もしかして久野沙月か？）

顔は確認できないが、スッと伸びた背筋に育ちのよさを感じた。それに、彼女の身を包む紺地の振り袖は量産品ではなく作家の手によるものだろう。

誰かと電話をしているようだけれど、通りを走る車の音で話し声はほとんど聞こえない。だが……大通りの信号が赤になった瞬間、彼女の凛とした声が柾樹のもとにも届いた。

「さようなら。でも、ずっと……愛しているから」

柾樹は目をパチパチと瞬き、それからぷっと噴き出す。気配を察したのか、通話を終えた彼女がこちらを振り返った。

「あ……」

目が合う。沙月のほうも、身なりや雰囲気から柾樹が今日の縁談相手であることを悟ったのだろう。赤くなった目元をこすりながら、柾樹に頭をさげた。

「も、申し訳ございません」

(ほかに好きな男がいるのに、断れない縁談を無理やり押しつけられた……ってとこか。俺は悪役だな)

久野家は医薬品メーカーを経営している。立場上、円城寺家との縁談を断ることなどできないだろう。

どうやら初めから、柾樹と沙月の糸はつながっていなかったようだ。

彼女のもとに歩を進め、声をかけた。

「なんとなく、事情は理解しました。そういうことなら俺に任せてください」

「え……」

困惑する彼女に計画を説明してから、踵を返す。

「俺は誰よりもかっこよくて、誰よりもすごい」

もう頼ることもなくなっていた和葉のおまじないを、久しぶりに口にする。

勇気をもらうためだ、最後のチャンスに挑むための――。

芙蓉を出て、寧々と一緒に彼女の車に乗り込む。柾樹は自分で運転をするが、寧々はいつも運転手に任せている。だから、ふたり並んで後部座席だ。

縁談は我ながら上出来だった。計画どおりに悪役を演じ、賢い沙月はそれにうまく合わせてくれた。

（……だが和葉には、もうちょっと、どうにかできなかったのか⁉）

ほんの数十分前の自分を厳しく問いつめてやりたい気持ちだ。もし和葉に会えたとしても、彼女の記憶を混乱させせないよう過去のつながりを匂わせる言動はとらない。

それは最初から決めていたこと。

初対面の男、それもただの客が自分に好意を持っているなんて……和葉からしたら気持ち悪さしか感じないだろうから、必死に気持ちを隠そうとした。その結果があの態度だったのだが――。

（あれじゃ、ただの嫌な男だよな。せめてもう少し、にこやかに接していれば……）

悶々とする柾樹に寧々は冷たい。

「なに、おかしな顔をしているのよ。気持ちの悪い子ねぇ」

「放っておいてくれ」

寧々は背もたれに身体を預け、表情をほころばせた。

「和葉ちゃん、苺を頬張ってた頃とちっとも変わってなかったわね〜。元気そうで本当によかった」

それから、少しだけ寂しそうに視線を下へと落とす。

「やっぱり、私たちのことは覚えていなかったみたいだけれど」

白状すれば、柾樹も心のどこかでわずかな期待はしていた。会えば思い出してくれるんじゃないかと……。だけど、思っていたほどのショックは受けなかった。

(過去は過去。また一から積みあげていけばいい)

素直にそう思えた。

「ところで、あの下手な芝居はなんだったのかしら?」

横目で柾樹を見て、寧々は肩をすくめる。

いい演技だったと自分では思っていたが、彼女にはあっさり見破られていたようだ。

「見合いの場所が芙蓉と聞いた時点で、この縁談はうまくいかないと薄々気がついていたけど……それならそれで、沙月さんには正直に謝るべきだったんじゃないの?」

「あぁ、ちょっとね。彼女は多分……怒っていないと思うよ」

沙月のプライベートな話だ。勝手にしゃべるわけにはいかない。言葉をにごしたが、勘のいい寧々はなにか察するものがあったのだろう。それ以上の説教はしてこなかった。

「機会があれば、一族のみんなに話しておいてもいいだろうか？」

「なにを？」

こちらに顔を向けた彼女に、柾樹は力強く宣言した。

「俺は、心から愛おしいと思える女性と結婚する。誰にも口出しさせない。その代わりに円城寺家は必ず守る。いや、今よりもっと発展させると誓うよ」

寧々は円城寺家当主としての顔になって、ゆっくりとうなずいた。

「――いいわ。その条件なら、一族の人間は私が説得してあげる」

それから、母親の顔に戻って苦笑した。

「けどねぇ、和葉ちゃんはどうかしら？　かわいいから、素敵な恋人ができているかもしれないじゃない」

母親のくせに息子に厳しい。今日の和葉の様子からして、その心配はないと思うが……確証は持てないのがつらいところなのに。

ムスッとして言い返す。

「絶対に振り向かせるから問題ない。だって俺は――」

『まーくんは誰よりもかっこよくて、誰よりもすごい。だから絶対に大丈夫』

幼い日の和葉の声が耳に蘇る。彼女が励ましてくれているような気がした。

（お前を誰よりも幸せにできるのは俺だ。そうだろう、和葉）


再会を果たした見合いの日から二週間後。柾樹はもう一度、芙蓉を訪ねた。和葉に忘れられないうちに会っておきたかったからだ。それに――。

「すみません、当日にいきなり予約を取らせてもらって」

夜の営業が始まるより少し早い時間に顔を出し、育郎にあいさつをした。電話の時点で円城寺の名は告げてあったので、彼は穏やかな笑みで迎えてくれた。

「いや、娘と孫が世話になった円城寺家のお坊ちゃんだ。今夜は精いっぱいのおもてなしをさせてもらいますよ」

その言葉に安堵する。十数年前のこととはいえ、彼と円城寺家の間で交わした〝和葉には会わない〟という約束を破った形になってしまったからだ。

「言い訳がましいようですが、先日の見合いがこの店だったのは本当に偶然です」

「そんなことを責め立てる気はない。むしろ、あの約束のことは……こちらも当時はナーバスになっていて、今思えばひどく恩知らずな発言をしてしまった。このとおりです」

育郎はスッと頭をさげた。

「いえ。俺も今は医師をしています。あのときの、あなたの決断は正しかったと思います」

育郎は顔をあげ、柾樹を見て目を細めた。笑った顔がどことなく和葉に似ている。

「不思議だな。お坊ちゃん……」

柾樹をなんと呼べばいいのか、迷っているようだった。ふっと笑んで、自己紹介をする。

「柾樹です」

「ありがとう。柾樹くんは、俺の知らない和葉を知っているんだな。どんな女の子だった？　円城寺家での和葉は」

「彼女がうちに来たのは七歳のときで、一緒に過ごしたのはほんの一年くらいなんですが……天真爛漫で、周囲を照らす太陽のような子でしたよ」

柾樹も、その光に救われた人間だ。和葉を思うと、無意識に表情が緩んでしまう。

それは育郎も同じなのだろう。孫を褒められ、うれしそうだ。

「そうか」

「はい」

少し迷うそぶりを見せてから育郎は言った。

「もしよかったら、和葉に話をしてみようか？　当時の記憶はやっぱりほとんど戻っていないんだが、あいつももう大人だ。パニックになることもないと思う。和葉も本当は、もっと知りたいのかもしれない」

和葉に円城寺家の名を伝えたことは一度もないそうだ。もちろん、彼女が記憶の混乱で苦しまないための配慮だ。

「柾樹くんから当時の話を聞けたら、和葉も喜ぶだろう」

育郎はそんなふうに言ってくれた。

これから和葉にアプローチするうえでは、過去につながりがあったと明かしたほうが有利かもしれない。少なくとも、いきなり告白してくる軽薄な男と思われる可能性は減る。だが――。

「いえ、その必要はありません。和葉さんには、俺とこうして話をしたことも内密にしておいてもらえると、ありがたいです」

「そうか？」

「はい」

柾樹はしっかりとうなずく。

（あの頃のことは、俺にとってかけがえのない思い出だ。でも、もしあの見合いの日が初対面だったとしても俺はきっと和葉に惚れていた）

『媚びは売っておりません！』と啖呵を切った彼女の誇り高い表情には、ぞくりとさせられた。子ども時代にはなかった、初めて知る一面だった。

過去は必要ない。思い出は、これからまた、ふたりで作っていけばいいのだから。

柾樹はもう一度、育郎に視線を送る。彼に伝えておくべきことを思い出したからだ。

「そういえば、先日の縁談は残念ながらうまくいきませんでした。最高の料理をこしらえてもらったのに申し訳ない」

鈍そうな和葉と違って、育郎は察しがいい。「だろうな」と苦笑いを浮かべた。


和葉を円城寺グループの経営するスパ＆リゾートに連れていこうと思ったのは、育郎の癌を心配するあまり彼女のほうが倒れそうな様子に見えたからだ。『遊びに行く気分にはなれない』と言われたが、強引に説得して連れ出した。

和葉は、これまで柾樹がエスコートしてきた女性たちとはなにもかもが違って……やはり自分にとって、特別な存在なのだとあらためて思い知った。

明るく無邪気だった少女は、魅力的な女性に成長していた。ふとした瞬間の色っぽい横顔、芙蓉に対する愛と仕事へのプライド。大人になった和葉が見せる顔は新鮮で、柾樹の庇護欲と独占欲を同時に刺激する。

その一方で、昔と変わらない部分もたしかにあった。

『もしその話が本当なら、女性たちが好きだったのは円城寺さんじゃなくてお金――なんじゃないかと思いまして』

この直球すぎる発言を聞いたとき、記憶を失っていてもやっぱり和葉だな、とにやけてしまった。彼女は昔から、思ったことをなんでも素直に口にしてしまうところがあった。母親である和香子はそれを心配し『よく考えてから口を開きなさい』とよく説教していたが、柾樹は和葉のそういうところが好きだった。

自分は円城寺家の跡取り息子だから、みな機嫌を損ねないように顔色をうかがいながら話す。だからいつも、相手の、言葉にできない本音まで汲み取るよう気を配らなければならなかった。立場上、仕方のないことと納得していても、ひどく疲れるのも事実だった。和葉が相手ならその必要はない。好きなものは好き、嫌なものは嫌だと言葉にしてくれるから。それは、柾樹にとってなによりもうれしいことだったのだ。

（あぁ、和葉だ――）

大好きだったところは昔のままで、新しい魅力もまとっている。そんな女性に惚れるなというほうが無理な話だ。

和葉と離ればなれになって以来、本当に久しぶりに恋に溺れた。どうしても彼女を振り向かせたい、ほかの誰にも渡したくなかった。


かなり強引なところもあったが、ようやく和葉と結婚できることになり柾樹は上機嫌だった。明日は和葉と柾樹の家族の顔合わせだ。「余計なことをするな」と釘を刺すために、夜わざわざ実家に出向いた。

「鼻歌なんか歌っちゃって、完全に浮かれきってるわね」

あきれた顔で出迎えたのは姉の唄菜だ。浮かれているのは事実なので別に否定する気もない。今はなにを言われようと、笑顔で受け止めてやれる。

「ま、私も媚び媚びのお嬢さまが義妹になるよりはうれしいけどね。懐かしいなぁ、和葉ちゃん！」

和葉が屋敷にいた当時、唄菜はもう中学生だった。だから一緒に過ごした時間はそ

う長くはないはずだが、彼女は活発な自分と似たところのある和葉をかわいがってい
た。

「和葉は覚えていないから、おかしなこと言うなよ」

「わかってるって！」

リビングルームには茶が用意されていて、ウキウキした様子の寧々が待ち構えてい
た。

「じゃ〜ん」

彼女は得意げに、手にしている菓子箱を見せつける。

「春虎堂のどら焼きよ。和葉ちゃん、大好きだったわよね。記憶は失っていても、味の好みはきっと変わっていないでしょう。明日、みんなで食べましょうね」

唄菜も寧々も、ふたりの結婚を心から喜んでくれている。柾樹にとっては、心強い援護射撃となりそうだ。

ほうじ茶をすすりながら、唄菜は軽く眉をひそめる。

「でもさぁ、ちょっとこの結婚は強引すぎるんじゃないの？　和葉ちゃんちの弱みに付け込んでいるようなものじゃないの」

「うっ……」

痛いところを突かれて、柾樹は言葉に詰まる。その点は自覚していて、それなりに良心を痛めてはいた。育郎と芙蓉、和葉が断れないことをわかったうえで結婚を持ちかけたのだから。前髪をくしゃりと乱して、ぼやく。

「だからこそ、絶対に振り向かせる。俺との結婚を後悔させたりしない。それに……昔のこととはいえ、俺たちは結婚を誓った仲だ。破棄した覚えはないからな」

苦しいことは承知で言い切った。案の定、寧々と唄菜には失笑されてしまった。

「大昔すぎるし、そもそも和葉ちゃんは覚えていないじゃない！」

「――うるさい」

強引に自分のものにした以上、柾樹には和葉を世界一幸せな花嫁にする責任がある。抱えきれないほどの愛を注いで、いつも彼女が笑っていられるように――。そう心に誓った。

＊　＊　＊

『――俺は和葉を愛している』

世界で一番愛おしい彼女に、やっとそう伝えることができた。和葉も同じ気持ちでいてくれることがわかって、これ以上はなにも望まないと思えるほどに幸せだった。

「少し遅れましたが、柾樹さん。二十九歳のお誕生日、おめでとうございます！」

仲直り後の最初の休日。和葉が誕生日祝いを仕切り直してくれることになった。

気合いを入れて作ってくれたことがわかる、凝った料理がずらりと並ぶ。和葉が自分のために……それだけで胸がいっぱいになった。

「ありがとう。以前の弁当も誕生日当日も和葉の好意を台無しにして本当に悪かった」

（あのときだって、きっと一生懸命作ってくれたんだろうに……）

仕事のことで頭がいっぱいになると、ほかのことがおろそかになるのは自分の欠点だ。

「もう絶対にしない。和葉に嫌われたくないからな」

決意を宣言すると、彼女は花が咲いたような明るい笑顔を見せる。

「今日『おいしい』と言ってもらえたら、それで十分です。あっ、ちゃんとおいしく作れてるかな？　どうしよう、柾樹さんの好みじゃなかったら」

くるくると表情を変える和葉がかわいくて、頬が緩みっぱなしだ。

「いただきます！」

手料理はどれも柾樹好みの味で、お世辞じゃなく人生で一番おいしい料理だと思った。そう伝えたら、彼女は照れくさそうにほほ笑む。

他愛ない話をしながら、ゆっくりと時を過ごす。あらかた料理を食べ終えると、和葉は「締めのひと品」としてひと口サイズのおむすびをのせた皿を持ってきてくれる。

綺麗な丸形で、ひとつひとつ具材が違うようだ。

「てまり寿司風おむすびです」

「へぇ、締めは和風なんだな」

今日のメニューは洋風のものが多かったので、やや意外に思った。すると和葉は肩をすくめて告白する。

「ごめんなさい。実はこれだけはお誕生日祝いではなくて、私の仕事なんです。芙蓉で出す新メニューを考えていて、よかったら柾樹さんにも食べてみてほしいなと思って」

「あぁ、なるほど」

おむすびに手を伸ばし、口へ運ぶ。山椒《さんしょう》がいいアクセントになっておいしい。

「うん、うまい」

「本当ですか!?」

キラキラと輝く彼女のこの表情が、柾樹はなによりも好きだ。

「あぁ。でも、俺は和葉の作ったものは、きっと全部うまいと感じてしまうから……モニター役には適さないかもな」

「ええ、それはちょっと困ってしまいますね……」

「だろ?」

柾樹が目を細めると、和葉もクスクスと笑う。

「じゃあ、このおむすびは念のため商店会のみなさんにも試食してもらいます。そうだ、デザートも作ったんですよ!」

冷蔵庫に向かおうと席を立った彼女を追いかけて、自分も腰をあげる。彼女を背中からギュッと抱き締め、耳打ちする。

「作ってもらったデザートはもちろん食べるけど……そのあとは、言わなくてもわかるよな?」

和葉のうなじと耳がみるみるうちに赤く染まっていく。

「ぜ、全然、わからない……ですけど」

シラを切り通そうとするところも、かわいくてたまらない。

「嘘つきだな、和葉は。知ってるくせに」

低くささやいて、色づいている耳たぶを甘がみした。

十二月に入り、寒さも本格的になってきた。あいかわらず仕事に追われる日々で、柾樹は慌ただしく出勤準備を済ませ玄関で靴を履く。

「行ってくる」

「はい、気をつけて！」

見送ってくれる和葉の額に、甘いキスを落とした。ほぼ毎朝のことなのに、都度、初々しい反応を示してくれる。愛おしさに目尻をさげかけたが、彼女の顔色がなんだか優れないことに気がついた。

「風邪でも引いたか？　顔色があまりよくないな」

彼女の頬に手を当て、顔をのぞく。和葉も自覚があるのか、小さくうなずいた。

「ちょっと疲れているのかもしれないです。最近、寝不足気味でしたし……」

寝不足の原因は……思い当たることがありすぎる。柾樹はしゅんと肩を落とした。

「俺のせいだな。無理させすぎた」

両思いだという事実に浮かれ、過剰に愛しすぎてしまった。

（さすがに少し、自制しよう）

「あっ。柾樹さんのせい、と言うつもりじゃないんです。寝不足は、その……私がねだっている日もあるので……」

言って、恥ずかしそうに目を伏せる。

せっかく自制を決意したのに、和葉はこうやって無自覚に柾樹の理性を揺さぶってくるのだ。そして、彼女を前にすると理性はあっけなく崩壊してしまう。

柔らかな身体をそっと抱き寄せた。

「朝から煽らないでくれ。我慢しようと思ったはずが、今すぐ抱きたくなって困る」

「か、からかわないでください！」

「いや、百パーセントで本音だけど」

(これ以上くっついていたら、本気でまずいな)

アワアワする和葉を解放して、苦笑する。

「今日の約束なんかキャンセルしてもいいから、無理するなよ」

和葉は今日休みで、円城寺本家に行く予定だと聞いていた。

「はい。体調と相談して、にします！」

「あぁ、そうしてくれ」


円城寺メディカルセンター、外科医局。

今は束の間の空き時間で、柾樹はストレッチがてら軽く肩を回す。午前に難しい手術を終えたばかりで、肩は重いが心は軽やかだ。

「円城寺先生。なにか、いいことでもあったんですか？」

裕実の指導医でもあるベテランの女医がこちらを見て、ふふっとほほ笑む。

「最近、ずっと楽しそうにしているから」

「別に、普通だと思いますけど……」

職場では円城寺家の後継者らしく、落ち着いた振る舞いを心がけているつもりだったが、このところの浮かれぶりは隠しきれていなかったようだ。

（十数年ごしの初恋が実ったんだから、仕方ないよな）

そんなふうに開き直る気持ちすら湧いてくる。

「先日の三浦先生の件、本来なら私が対応するべきところだったのにごめんなさいね」

彼女は表情を引き締めてから、そんなふうに謝罪した。例の元患者のトラブルの話だろう。

「いえ、先生は長丁場の手術の最中だったんですから。気にしないでください」

そもそも、この病院では指導医はあくまで監督役。研修医の日常の面倒を見るのは、柾樹のような若手医師の仕事とみなされている。彼女はむしろ、細やかに指導してくれているほうだ。

「ありがとう。三浦先生もやっと元気になってきたわね」

今朝の裕実の様子を思い出しながら、柾樹もうなずく。

「そうですね」

あの元患者は、柾樹の誕生日を最後に姿を見せていない。わりと厳しいことも言ったので、諦めてくれたのかもしれない。

「彼女、落ち着いたのならいいけど。これ以上となると法的措置を……と医局長もおっしゃっているし」

「相手は元患者です。それは、できればしたくないですね」

医局長だって大事《おおごと》にしたいわけではないだろう。

(これで終わり、だといいが……)

「三浦先生、一時は心が折れかけていたものね。彼はちょっと、メンタル面を鍛えないと」

彼女はとても優秀で、論理的な考え方をする人間だ。この発言もごもっともで、反論の余地はなかった。

病院を訪れる人間は心も身体も弱っている。頼れる存在である医師や看護師に疑似的な恋愛感情を抱いてしまうことはままあることで、今回と似たようなトラブルは今後も起きるかもしれないのだ。

(三浦は優しい。それは医師としての長所であり、致命的な短所にもなりうる)

「はい。俺もできるだけ、彼の様子を見ておくようにします」

円城寺家の人間としての責任もあるし、裕実はかわいい後輩だ。

「それは心強いわ。円城寺先生は人を育てる才能もありそうだし。数年後にはきっと、指導医としても大活躍でしょうね」

お世辞のあとで、彼女はクスリと笑って付け加えた。

「これ以上の人手不足はごめんよ。研修医はひとりも脱落することなく、立派に育ってもらわないと!」

「——同感です」

午後にもう一件手術の予定があるが、こちらはそう時間のかかるものではない。それが終わったら裕実と少し話をしてみるか。そう決意して、短い休憩を終わりにした。

六章　一生、俺だけのものでいろよ

柾樹が裕実を心配していた頃、和葉はクリスマスムードの高まる渋谷の街を歩いていた。

寧々と唄菜に会いに円城寺本家へ行くためだ。結婚式をどうするかなど、女性陣で相談しようと約束していたのだ。柾樹には体調が悪いなら無理するなと言われたが、キャンセルするほどではないと判断した。

（わぁ、素敵！）

セレクトショップのショーウィンドウに立つマネキンの洋服がかわいくて、ついつい足を止める。

花柄のワンピースに白いショートコート、ボリュームのあるカシミアマフラーが素敵だった。今まであまりオシャレには興味がなかったのに、最近は洋服や化粧品がすごく気になる。どうやら柾樹に恋をしたことで、かわいくなりたいという女心が芽生えたようだ。

（マフラー、今年は新調しようかな。柾樹さんとおそろい……とか、どうだろう？）

同じブランドでそろえて、自分は白で彼は黒。いや、柾樹はグレーやネイビーのほうが似合うだろうか。

（英国っぽいチェック柄も素敵に着こなしてくれそう！）

浮かれきっている自覚はあるが、妄想が止まらない。けれど、マネキンの奥にある鏡面に自分の顔が映ってギョッとしてしまった。

（やっぱり、クマが目立つなぁ）

最近、肌のコンディションが絶不調だ。キャンセルするほどではないと思いつつも、体調が優れないのは事実なので今日はあまり遅くならないうちに帰宅しよう。

（でも、結婚式の話は楽しみだな）

渋谷駅から徒歩十分ほどで円城寺本家に到着した。

庭の真ん中で存在を主張する大きな松の木。

（いつ見ても立派だなぁ。樹齢はどのくらいなんだろう）

松を見あげながら、ふと思う。

（そういえば、かすかに残るお母さんの記憶も……背景は松の木だな）

母である和香子との思い出は断片的なものばかりだが、ここと同じような日本庭園を一緒に歩いたことは、ほんのりと覚えている。

和香子の顔にはモヤがかかったようになっているし、優しい声でなんと言っていたのかはちっとも思い出せないけれど——。

（あのお庭はどこなんだろう。もしかして、ここだったなんてことは……）

柾樹と和葉は過去に会ったことがあるのだ。

あの記憶の場所がここ、という可能性はないだろうか。真剣に考えかけたところで、和葉はハッとする。

（過去は重要じゃないと柾樹さんは言ってくれた。焦って思い出す必要はないよね）

今は過去よりも未来を見つめよう。そう思って、松の木から視線をそらした。

有名な大聖堂や外資系ホテルのブライダル用パンフレット、たくさんのウェディングドレスが掲載された冊子。それらをテーブルの上に並べて、女三人でおしゃべりをする時間は最高に楽しかった。

「写真映えは、この大聖堂が一番かしらね？」

「和葉ちゃんには、王道のAラインかプリンセスラインが似合いそう！」

教会式も憧れるけど、柾樹の紋付袴姿を見てみたい気持ちもある。それに、育郎も神前式を好みそうだ。

「う～ん。どれも素敵で目移りしちゃいます」

「まぁ、時間をかけてゆっくり準備したらいいわよね。その時間も楽しいものだし」

「はい！」

きちんと思いを確かめ合ってから式をあげることができる。その幸福をあらためてかみ締める。

（ふふ。絶対に思い出に残る式にしたいな。柾樹さんにも楽しんでもらいたい）

ワイワイと盛りあがる三人のもとに、お手伝いさんが紅茶とクッキーを持ってきてくれた。クッキーは近頃、人気すぎて手に入らないと評判の品で、和葉も一度食べてみたいと思っていたものだった。

「わぁ、うれしいです！」

「知り合いが差し入れてくれたの。和葉ちゃん、いい日に来てくれたわ」

一番先に手を伸ばしたのは唄菜で、口に入れると同時に顔をほころばせた。

「おいし～い！　うわさ以上の味だわ」

和葉もワクワクしながら、舌の上にのせる。バターの香りがふわりと広がり……。

（あれ？　なんだか――）

かすかに吐き気が込みあげたのを、なんとかこらえる。

「あんまり好みじゃなかった？」

唄菜が彼女らしく、あっけらかんと尋ねてきた。和葉は軽く首を横に振る。

「いえ。すごくおいしいのですが……最近ちょっと、胃の調子がよくないみたいで」

嘘をついてしまった。甘いものは大好きなはずなのに、バターと砂糖たっぷりの味が今日はおいしいと思えなかったのだ。唄菜が心配そうに和葉の様子をうかがう。

「え～、大丈夫？　熱はないの？　風邪かしらね」

「そうかもしれないです。なんとなく熱っぽいし、食欲も落ちていて……」

それを聞いた寧々が目を瞬く。

「和葉ちゃん。それって……もしかしてオメデタ？」

「えぇ⁉」

大きな声をあげてしまった。全然考えてもいなかったが、ありえないとも言い切れないだろう。

（嘘……つわりってこと⁉）

「きゃ～。どうする、柾樹に連絡する？」

せっかちな唄菜が早速スマホを取り出すので、慌てて止めた。

「待ってください、ちゃんと確認してからで！　不確実な情報で、お仕事中の柾樹さんを混乱させてしまうのは嫌なので……」

先日、彼の仕事を女性との逢引きでは？と疑ったことを、和葉なりに反省していた。今後は医師の妻としての自覚を持とうと、決意をあらたにしたばかりなのだ。

「じゃあ、私が付き添うから産婦人科に行く？　妊婦さんは気をつけないといけないことが多いし、確認は早いほうがいいよね」

そう主張する唄菜に対し、寧々が落ち着いた様子で言った。

「今は市販の検査薬も精度が高いから、まずはそれで十分よ。誰かに頼んで買ってきてもらいましょうか」

先ほどお茶を運んできてくれた女性に寧々が頼んでくれて、すぐに検査薬が届けられた。

「じゃあ、いってきます」

緊張した声でふたりに告げて、和葉はお手洗いに向かう。

結果が出るまでのほんの数分は、そわそわと落ち着かない時間になった。

「――せ、線が出てる……よね？」

ひとりなのに、ついつい疑問形になってしまう。結果判定の窓には、しっかりと陽性のラインが浮き出ていた。

ふたりの待つ応接間に戻り、照れながら結果を報告する。

（あ、柾樹さんに最初に報告……じゃなくなっちゃったけど、このふたりならいいよね？）

そもそも寧々に指摘してもらわなければ、当分、自分の妊娠に気がつかなかったことだろう。

「おめでとう、和葉ちゃん」

「本当に！　どうする？　すぐに柾樹に電話しようか？」

唄菜はすぐにでも発信ボタンを押しそうだったけれど、寧々がクスクスと笑ってそれを制する。

「私たちはまだ知らないことにしておきましょう。でないと、柾樹が怒りそうだもの」

「ありがとうございます。今夜、柾樹さんが帰ってきたら顔を見て伝えます」

電話でもいいのだけれど、彼の驚く顔を直接見たいと思った。想像するだけで今夜が楽しみだ。

「ええ、それがいいわ。和葉ちゃん、身体を大切にしてね」

「――はいっ」

こんなに順調に、幸せになっていいのだろうか。怖いくらいだ。

「柾樹、女の子だったらすっごく過保護な父親になりそう」

唄菜の言葉に大きくうなずく。

「たしかに！　彼氏を作らせてもらえなそうですよね」

娘の恋人にヤキモチを焼く柾樹の姿が浮かんできて、にやけてしまう。

「それで嫌われて、思いっきりへこんでるところも想像つくわ～」

三人で声をあげて笑った。

（私と柾樹さんの赤ちゃん……）

心の奥底からジワジワと喜びがあふれてくる。もう幸せな未来しか見えなくて、すっかりはしゃいでしまった。つわりらしき症状も、ほとんど気にならなくなってしまうのだから不思議なものだ。

「それじゃあ、私はそろそろ」

夕方。ずいぶん長居してしまったと思いながら、腰をあげる。

「今日は寒いし、車で送るわよ」

「いえいえ」

そんなやり取りをしていたところで、和葉たちのいる応接間の電話が鳴った。足を向けようとした寧々を制して、唄菜が「私が出るよ」と歩を進める。

「円城寺でございます。――はい、ええ⁉」

声のトーンが変わった。なにかあったのだろうか。寧々も和葉も、彼女のほうへ目を走らせる。受話器を置いて、振り返った唄菜の顔は蒼白だ。

「大変っ！　病院で、柾樹が人をかばって階段から落ちて……意識混濁状態だって」

心臓がスーッと冷たくなり、手足が凍りつく。

(柾樹さんが……意識混濁……？)

声を発することもできず、呆然と立ち尽くす。次第に膝が震え出し、身体がぐらりと傾いた。それを寧々が支えてくれる。

「和葉ちゃん、しっかりして。すぐに一緒に病院に向かいましょう」

なんと返事をしたのか、自分でもわからない。

気がついたら、寧々と唄菜と一緒に円城寺家の車の後部座席に乗せられていた。

「柾樹は心配ないわ。あの子が和葉ちゃんを置いていくはずないもの」

寧々は祈るような声で言った。

(柾樹さん、お願い。無事でいて！)

嫌な想像が脳裏に浮かぶたびに、ふるふると頭を振ってそれを追い出す。

(だって、今夜は……ものすごく楽しい夜になるはずだったの。赤ちゃんができたことを報告して、柾樹さんはきっとすごく喜んでくれて……）

和葉は自身のなかに宿った新しい命を守るように、おなかを抱える。

（絶対に大丈夫よ。私と柾樹さんとこの子で幸せになるんだから！ 柾樹さんを失うなんて、そんなこと……）

ふと周囲の音が聞こえなくなって、外界から隔絶されたような感覚におちいった。

和葉はひとり、内面世界へと沈んでいく。そこは静かな海のようだった。光も音も届かない深海を漂っていると、怖くて、不安でたまらなくなる。

「和葉ちゃん、和葉ちゃん！」

「あ……唄菜さん」

彼女の呼びかけでようやく、暗い海から現実へと呼び戻された。

「大丈夫？ 病院に着いたわよ」

三人は大急ぎで柾樹のもとへ向かった。

柾樹の同僚だという女性医師が彼の状態を説明してくれる。

「骨折などの怪我はありませんし、検査の結果では脳も心配ないのですが……まだ目を覚ましません。もう少し様子を見守りましょう」

「命に別状はない……のよね？」

唄菜のつぶやきに彼女が答えてくれた。

「ええ、それは大丈夫です。むしろ、意識を取り戻さないのが不思議なくらいで」

その言葉に、寧々と唄菜は同時に安堵のため息を漏らした。

「あのっ。柾樹さんに会っても大丈夫でしょうか?」

和葉が訴えると、女医はやや戸惑うそぶりを見せた。彼女は寧々に問いかけるような視線を向ける。和葉が何者なのか、気にしているのだろう。

「この子はうちの家族よ」

その言葉に彼女の混乱はますます深まったようだが、円城寺家当主が言うのなら……という表情でうなずいた。

「大きな声を出したり、揺さぶったりはしないでくださいね」

「はい、もちろんです」

三人で柾樹のいる病室に入る。彼は静かに眠っているような状態だった。

「よかった。顔色も悪くないじゃない」

唄菜がホッとした声で言う。

しばらくすると、先ほどの女医が寧々に声をかけた。階段から落ちたときの状況や症状について、柾樹の上司でもある医局長からあらためて説明をとのことだった。

寧々が病室を出ていくと、唄菜が和葉を励ますようにポンと肩を叩く。

「和葉ちゃんがそばにいれば、柾樹はすぐに目を覚ますわよ！　私、飲みものでも買ってくるわ」

病室は、眠る柾樹と和葉のふたりきりになった。ベッドサイドの椅子に腰かけ、彼の寝顔を見つめる。

（お医者さまが心配ないって言ってくれてるんだもの）

そう思っても、いざ目覚めない彼を前にすると、途方もない不安に胸が押しつぶされるような心地がした。

（あぁ、また――）

先ほど、車のなかでやってきた深海のような闇が再び和葉を覆い尽くす。

（怖い。嫌だよ、大切な人がいなくなってしまうのは、もう二度と……）

しっかりしなきゃと言い聞かせても、幼い子どもに戻ってしまったように震えることしかできない。

（初めてじゃない。ずっと昔にもこの恐怖を味わったことがある。世界が真っ暗になってしまうみたいな）

恐ろしくて、逃げ出したい。なにもかもから、目をそらしてしまいたくなる。

そんなとき、ふいに声が聞こえた。暗い海の底にかすかな光がさす。

〈――は。和葉〉

誰かが自分を呼んでいる。柾樹の声のようにも聞こえるし、育郎にも似ている気がする。穏やかで、優しい声。懐かしさに涙がこぼれそうになる。

(私を呼んでいるのは、誰?)

〈心配しないで、和葉。ほら〉

差し伸べられた手をおそるおそるつかむと、その手は力強く和葉を引きあげてくれた。

〈大丈夫、和葉は強い子よ。愛する人を助けてあげないとね〉

(愛する人? そうだ、逃げてる場合じゃない。柾樹さんと、私たちの子を守らないと!)

ハッと目が覚めたような気がした。その瞬間、ぶわりと温かなものが全身に流れ込んでくる。

頭のなかで、古いフィルム映画が上映されはじめた。

『あら、柾樹お坊ちゃんとそんなに仲良くなれたの? 和葉はお友達作りが上手ねぇ』

あの豪勢な日本庭園を、ふたりで手をつないで散歩するのが日課だった。和葉のずっと続くおしゃべりを、彼女──和香子はいつだってニコニコと聞いてくれていた。

泣きぼくろが印象的な優しい笑顔だ。円城寺家を去ることになったあの日も、最後にふたりで立派な松の木に別れを告げたのだ。

『まぁ、柾樹お坊ちゃんとそんな約束を⁉』

『うん！　和葉はね、まーくんのお嫁さんになるんだよ』

和香子は目尻に涙をにじませて、うれしそうに笑った。

『よかった。和葉の花嫁姿、楽しみにしてるからね。きっと、すごく綺麗よ』

（いつか、お母さんみたいなお母さんになりたいな）

大好きな母の笑顔を前に、和葉はそんな夢を抱いた。

『和葉ちゃん。お客さまから、こーんなに大きい苺をもらったの。一緒に食べよう』

いつもオシャレで楽しい唄菜。ひとりっ子の和葉にとって、姉のような存在だった。

『和葉ちゃん。このお着物、唄菜のおさがりなんだけど着てみない？』

うっとりするほど綺麗で上品な寧々。憧れてやまなかった。

そして──。

『誰よりもかっこよくて、誰よりもすごい男になって、和葉を迎えに行くから』

なんでもできる完璧な王子さまに見えて、実は繊細で傷つきやすい少年だった柾樹。

でも、彼のそんな一面を知っているのはきっと和葉だけで……それがとてもうれしかったのだ。

彼と過ごす時間は、ほかのどんな時間よりも楽しくて幸せだった。

大切な大切な――和葉の初恋。

(忘れていたなんて信じられない。あんなに大切だった時間、大好きだった人たちを――)

和葉の頬を温かなものが伝う。そのとき、柾樹の瞼がぴくりと動いた。

「……かず、は?」

うっすらと開いた彼の目が、まっすぐに和葉を見つめている。

「和葉。どうして、泣いているんだ?」

差し出された彼の右手を両手でギュッと握った。柾樹の手のぬくもりに、またポロポロと涙が流れた。

(約束、守ってくれたんですね。本当に誰よりもかっこよくて、誰よりもすごい男の人になって……柾樹さんは、私を世界一幸せな花嫁にしてくれた)

「なんでも、ないんです」

和葉は涙を拭った。そして、おなかに視線を落として心のなかで話しかける。

（パパ、無事だったよ。安心してね）

意識を取り戻した柾樹は、自分の置かれた状況を確認するように周囲をぐるりと見回す。

「病室？　あぁ、そうか。階段から女が降ってきたんだった……」

「はい。柾樹さんが頭を打って、意識混濁状態だと病院から連絡をもらって」

説明すると、彼は苦笑した。

「悪い。心配をかけたな」

「もちろん心配しましたよ。検査の結果は問題ないそうですが、どこか痛んだりしませんか？」

和葉に支えてもらいながら、柾樹は上半身を起こした。自分の身体の状態を確かめるように、腕を回したり腰をひねったりしている。

「問題ない。むしろ、眠っていたおかげですっきりした感じだ」

「――よかった！」

それから、和葉はいたずらっぽく瞳を輝かせて彼の顔をのぞく。

「……もう、喘息は大丈夫なの？　まーくん」

弱っている彼の姿、本当は何度も見たことがあったのだ。喘息で苦しむ彼を、和葉はいつも心配していた。

柾樹の目が見開かれる。

「え……まさか」

軽く肩をすくめて、和葉は小さく舌を出した。

「全部、思い出しました。『絶対に忘れないから』と言ったくせに最低ですね、私ってば」

「そうか。思い出して……」

感極まったように、柾樹は声を詰まらせる。

和葉はそっと、彼の頬に唇を寄せた。

「あの日の約束を、守ってくれてありがとう」

「──あぁ」

答えてほほ笑む彼の瞳は、ほんのりと潤んで見えた。

「芙蓉で会ったとき、私は初対面だと思っていたけど柾樹さんにとっては再会だったんですね」

「一目でわかったよ。和葉はちっとも変わっていなかったから」

「それ、褒めてないですよね？」

むくれる和葉に、彼は愛おしげな眼差しを注ぐ。

「褒めてるよ。あの頃も今も、世界で一番かわいい女だ」

「柾樹さんはあの約束を覚えていたから、私に結婚を持ちかけたんですか？」

和葉と再会する日まで、どんな思いでいたのかを彼はすべて打ち明けてくれた。

「芙蓉で再会したあのとき……どうしても、俺は和葉でないとダメだと思い知った。だから、どんな手を使ってでも手に入れると決めた」

（それが契約結婚の提案、だったんだ）

彼は最初から自分を妻にと望んでくれていた。その事実がうれしい。けれど次の瞬間に、はたと思い出す。

「あれ？　でも私、あの電話を聞きましたよ。あれはどういう意味だったんですか？」

最近は考えることもなくなっていたが、円城寺本家にあいさつに行った日、彼は誰かに電話でこう言ったのだ。

『そもそも、結婚相手なんか誰でもいいでしょう？　既婚であるという事実さえあれば！』

和葉がいないと思って、油断して出た本音だと理解した。あの言葉を聞いてしまったから、彼に対して素直になるのに時間がかかったのだ。

「電話？　なんの話だ？」

この件を説明すると、彼は思いきり渋い顔になった。

「聞いていたのか。あの電話の相手はな、傍系も傍系の遠い親戚で、それなのににやたらと長老ぶりたがる厄介なじいさんで……俺のやることに文句をつけたいだけなんだよ」

まともに相手をする必要もないと、彼は切り捨てる。

「和葉のことを正直に話したら、嬉々として粗探しに飛んでくる。無事に入籍するまでは、絶対にあの人に和葉の名は知らせたくなかったんだよ」

「なんだ、そんなことだったんですね」

「俺はな、自分でも恐ろしくなるほどに和葉しか愛せない。だから、その点はなにも心配いらないぞ」

和葉はクスクスと笑った。

それから、ようやく取り戻した過去の記憶についてあれこれ話をする。

「今思うと……柾樹さんのナルシストぶりの一因を作ったのは、私だったのかもしれないですね」

当時、無邪気に彼を褒めまくっていたことを思い出して、しみじみと言った。柾樹は「ははっ」と声をあげて笑う。

グイッと和葉の肩を引き寄せ、耳元でささやく。

「そうだな。だから……責任取って、一生、俺だけのものでいろよ」

「もちろん！　そのつもり……あ、でも」

手で口を塞いだ和葉の様子に、柾樹は子どものように拗ねてみせる。

「なんだよ。ダメなのか？」

「えっと、柾樹さんだけのもの……には、なれないことが決定しました」

おなかに手を当てると、赤ちゃんとのつながりを実感できる。

（柾樹さんと同じくらい大切な人が、ここにいるから）

どういう意味だ？と言いたげに、彼は首をひねる。和葉は幸せいっぱいの笑顔で、彼に耳打ちした。

「実は――」

その報告を聞いた瞬間の彼の顔は、きっと一生忘れられない。

長い長い初恋を実らせたふたりの未来は、明るい光に満ちあふれていた。

柾樹はひと晩入院することになったので、和葉は寧々たちと一緒に帰宅した。帰り道で過去の記憶を取り戻したことを伝えると、ふたりとも涙を流して喜んでくれた。

「私が春虎堂のどら焼きを好きだったこと……覚えていてくれたんですね」

感激して礼を言うと、寧々は楽しそうに目を細める。

「苺を食べすぎて、おなかを壊したこともね！」

「大丈夫？　柾樹の執着に引いてない？　ほら、一途を通りこしてストーカーって呼んでもおかしくないレベルでしょ、あいつ」

唄菜がそんなことを言って、三人で声をあげて笑った。

マンションに戻り、ようやくひと息ついた。

時刻は夜八時。窓の外には都心の夜景がきらめいている。

（この広いマンション、柾樹さんがいない日は寂しい……とずっと思っていたけど、もうひとりじゃないものね）

和葉は優しくおなかを撫でた。

「パパ、明日には帰ってきてくれるからね。お祝いしよう！」

翌朝、彼を迎えにまた病院へ行く予定になっている。

つわりと思われる症状が多少はあるから無理はできないけれど、少し豪華な食事を作って柾樹の退院と妊娠を祝いたいなと思った。

（まーくんはロールキャベツが好きだったよね。今も好きかな？）

一度思い出してしまえば、次々と懐かしい記憶が蘇る。

（別れ際、頬にキスをしてくれたよね）

甘酸っぱい思い出に、和葉は頬を染める。

幼き日の約束がこうして現実になっている幸運、いや運ではない。柾樹が必死にたぐり寄せてくれた幸せだ。彼への感謝の気持ちで、あらためて胸がいっぱいになる。

（それに、お母さんにもお礼をしないと。柾樹さんと一緒にお墓参りに行こう）

不安につぶされそうだったあの瞬間、力強く和葉を引っ張り、記憶を取り戻させてくれたのは間違いなく和香子だった。

（きっといつも、天国から見守ってくれているんだね）


翌朝。柾樹を迎えにまた病院を訪れた。彼の病室の手前で、身体の大きな男性医師に呼び止められた。

「あ、あのっ」

身体つきはいかついのに、雰囲気はおっとりと優しそうで大きなテディベアを思わせる。

（あ、もしかして！）

想像したとおり、彼は「三浦です」と名乗った。元患者とのトラブルに悩む研修医だ。

（う～ん、想像していた〝ゆみさん〟とは似ても似つかないわ）

クスリと苦笑を漏らす。

「円城寺先生の奥さま……ですよね？」

和葉は目をみはる。

柾樹はまだ病院関係者には結婚のことを秘密にしていたはず……。返答に困っていると、裕実が慌てて言葉を足す。

「ご結婚されたこと、『まだ内緒だぞ』とこっそり教えてくれたんです。お相手の方は明るくてかわいい、太陽のような女性だとおっしゃっていました。一目で、あなたがそうだとわかりました」

「ええ、そんなたいそうな人間じゃ……」

和葉が恐縮すると、裕実の硬かった表情がやわらぐ。

「円城寺先生のあんなにうれしそうな顔は初めて見ましたよ。奥さんのこと、好きで好きで仕方ないんだろうなと」

和葉の頬が赤く染まる。

（えぇ～。でも、うれしいかも。柾樹さんが私のこと、そんなふうに思ってくれていたなんて）

裕実は大きな身体をしゅんと小さく縮めて、すまなそうな声を出す。

「今回のこと、本当に申し訳ありませんでした。すべて僕のせいなんです」

続けて、昨日の事故の顛末を説明してくれる。

諦めてくれたものと思っていた、例の元患者がまた病院にやってきて……あまり人《ひと》気《け》のない非常用階段の踊り場で、彼女と裕実は口論になってしまったらしい。

前に柾樹に厳しいことを言われたのを逆恨みして、今度は柾樹を訴えるという趣旨の発言を彼女がしたそうだ。

「それで僕がもっと毅然とした態度をとらなければと思って。つい、強めに彼女の手をはねのけてしまいました。そうしたら彼女がバランスを崩して……」

裕実を捜していた柾樹がその場面に出くわす。下の階からやってきた柾樹は転げ落ちてきた彼女をかばい一緒に……という状況だったようだ。柾樹を下敷きにしたおかげで、彼女に怪我はなかったらしい。

（本人には言えないけど、階段から落ちてきたのが三浦先生じゃなくてよかったかも）

もし彼の下敷きになっていたら、柾樹はもっと大変な事態になっていただろうから。

「僕が不甲斐ないせいで円城寺先生を危険な目にあわせて、本当にどうおわびすればよいのか……」

「三浦先生のせいじゃないですよ」

柾樹もそう思っているはず。「人を助けるのは医師の使命だ」とさらりと言いそうだ。

柾樹はエゴイストなように見えて、実はそうじゃない。たとえ自分が損をしても、人を助けてしまう性なのだ。和葉のことも、育郎のことも、沙月のことも、当然のように助けてくれた。

「けど……もう僕は、円城寺先生にこれ以上迷惑をかけるくらいなら、医師の道を諦めたほうがいいのかもと思って」

泣き言をこぼす彼に、和葉はぴしゃりと言った。

「それは絶対に違います。彼はそんなこと望まないと思います」

まっすぐに裕実を見つめて続けた。

「柾樹さんは三浦先生を加害者にしたくないから、転げ落ちてきた女性を助けたんだと私は思っています。えっと、これ以上は柾樹さんの口から言うべきことなので……」

言葉をにごしたが、自分と柾樹はきっと同じ気持ちだと思う。

〝全部乗りこえて、立派な医師になれ〟

彼はきっとそう言うだろう。

裕実と別れて病室に入ると、柾樹はもう退院の準備を終えた様子で、女性看護師と話をしているところだった。会話を終えたその女性が、和葉のほうを振り向く。

「あ」

和葉と彼女は、同時に声をあげる。

以前、柾樹は独身だと和葉に告げた看護師だった。彼女のなかで和葉は〝柾樹の妻だと一方的に思い込んでいる、やばい女〟のままだろう。

（あぁ、どうしよう）

アワアワする和葉とは対照的に、柾樹はにこやかに片手をあげた。

「和葉。悪いな、朝から来てもらって」

看護師は驚いたように、またぐるんと首を振って彼を見た。

「え……彼女は円城寺先生の……？」

どういう関係なのだ？と言いたげな視線を察したのだろう。柾樹はさらりと答える。

「俺の大切な女性だ。近々、病院のみんなにも紹介するつもりでいるから」

目を白黒させている彼女を残して、柾樹は和葉の手を引き病室を出た。

廊下を歩きながら隣の彼をちらりと見る。

「よかったんですか？　タイミングとか、いろいろあったんじゃ」

「ちょうど根回しも済んだところだ。子どももできたし、これ以上隠しておく必要もないよ。和葉は俺の最愛の妻だと、世界中の人に知ってもらいたい」

最愛の妻。その単語を反芻して、にやけてしまった。

その夜は、計画どおり手作りのディナーで柾樹の無事と妊娠を祝った。

「ロールキャベツ、今でも大好物だ」

そう言って、彼はうれしそうに笑った。

それから数日後。風呂あがりの和葉を柾樹が手招きで呼んだ。

「なんですか？」

「髪、乾かしてやるから座れ」

妊娠を報告してからというもの、これまで以上に過保護になっている気がする。けれど、和葉も今は彼に甘えていたかった。

素直に彼の膝の間にちょこんと座る。頭を包み込む大きな手が心地よい。

(初恋の彼が旦那さまになって、さらには赤ちゃんまで……幸せだなぁ)

「なにニヤニヤしてるんだ？」

「な、なんでもないですよ」

照れ隠しで視線を泳がせる。不敵に笑んで、柾樹は言う。

「和葉の考えていることなんかお見通しだぞ」

「えぇ⁉」

「俺も同じことを思ってる。幸せだな」

恥ずかしいけれど、でも正直にうなずいた。

「──はい。柾樹さんと一緒にいられる毎日が楽しくて、宝物です！」

ふいにドライヤーの音が止まる。

「あれ？　まだ乾いてないですけど」

言いながら、軽く振り返った和葉の身体を彼はふわりと優しく抱く。

「……そんなかわいい顔で、今の台詞は反則じゃないか？」

長い指が顎をクイと持ちあげた。端整な顔が近づいてきて、濃厚な色香に酔わされる。

「ま、柾樹さん⁉」

「以前にも教えただろう？　キスの前はもう黙っておけと」

妖艶に笑って、和葉の唇を奪う。自在に動き回る舌に翻弄される。

「あっ、んん」

思わず、鼻にかかった声が漏れた。

柾樹はぴたりと動きを止め、唇を解放した。

「──やばい。これ以上その声を聞かされていたら、やめられなくなる」

彼はもう一度、和葉を胸に抱き優しい声で言う。

「大事な時期だしな」

「はい」

おなかの赤ちゃんへの愛情が伝わってきて、うれしい。

「それに、髪がぬれたままで和葉が風邪を引いたら大変だ」

反省した様子で、彼はドライヤーを再開した。

乾いた髪に、今度は丁寧にブラシをかけてくれる。されるがままになりながら、和葉はふと尋ねた。

「そういえばその後、三浦先生は大丈夫ですか？　すごく落ち込んでいた様子だったから」

「あぁ。そうだ、和葉に礼をと頼まれていたんだった」

「お礼？」

「俺の気持ちを代弁してくれたそうだな」

柾樹はニヤリとする。

「あ、ごめんなさい。勝手に……」

「いや。見事、大正解だよ。あいつ、腹を決めた顔をしてた。立派な外科医を目指すってさ」

「そうなんですね！　よかったぁ」

柾樹だって昔は繊細な少年だったのだ。人は成長していくものだし、彼もきっと大丈夫だろう。

「例の元患者も、今回ばかりはさすがに反省したようだったたし。もう大丈夫だと思う」

そう報告してから、柾樹は話題を変えた。

「和葉の体調はどうだ？　つわり、きつくなっていないか？」

「う～ん。味覚が変わって、食欲は少し落ちた感じがありますけど、今のところは大丈夫そうです」

柾樹が退院してすぐに、ふたりで一緒に円城寺系列の産婦人科を受診した。今は妊娠六週頃で、予定日は来年の七月末だとわかった。

「それならよかったけど、無理はするなよ」

「はい！　今から七月が楽しみです」

「長いような、短いような……だな。性別はどっちだろう。判明したら名前を考えないとな」

初めての妊娠・出産。もちろん不安もあるけれど、柾樹が一緒なら絶対に大丈夫だと思える。

「わ～、悩みすぎて決められないかも。あ、でも……結婚式の件はせっかく話を進めていたところだったのに、ごめんなさい」

もともとはゆっくり準備をして夏頃にという話だったが、出産予定日が近くなりすぎてしまうため、前倒しで安定期の四月に行うことになった。

妊婦の和葉への配慮で披露宴も当初の案よりこぢんまりしたものにする方向だ。

そのことを謝ると、柾樹はひどく驚いた顔をする。

「どうして謝る必要がある？　結婚式より和葉と子どもが大切に決まってるだろ。式なんか、どんな形でもいいんだよ」

ブラシを置いた彼は、和葉の背中をそっと抱く。

「むしろ……俺としては、ふたりきりでひっそりとやりたいくらいだ」

「そうなんですか？」

「あぁ。和葉の花嫁姿、本音を言えば俺以外の人間には見られたくない」

「う〜ん。でも、私はおじいちゃんに見てほしいですし、お義母さんや唄菜さん、それに天国のお母さんにも……」

柾樹の希望をばっさり切り捨てると、彼はがくりとうなだれた。

「わかってるけどな……和葉はもう少し、俺に優しくしてくれてもよくないか？」

拗ねる彼を見て、声をあげて笑ってしまった。柾樹は和葉を抱く腕にキュッと力を込めた。

「まぁ、いいか。夫として隣に立つのは俺だもんな。子どもの頃からの夢がようやく叶う」

ふと気になって、彼を振り返る。勇気を出して尋ねてみた。

「柾樹さんは、どうして私のこと？　決して卑屈になるわけじゃないですが、私、子ども時代も今も至って平凡ですし」

柾樹ならほかにいくらでも素敵な女性との縁があったはずで、はるか昔の自分との約束を果たしてくれたことは、あらためて考えるとすごいことだと思う。

「俺から見た和葉はどこも平凡じゃない。俺を明るく照らしてくれる太陽だよ」

彼は優しく目を細め、温かな手で和葉の頬をくすぐる。

「和葉は世界にひとりで、ほかの誰も代わりにはならない。俺が欲しいのは……昔も今もお前だけだ」

彼の唇が和葉の瞼に落ちる。そのまま、今度は赤く色づいた唇に──。

「んっ」

キスはどんどん深くなっていき、柾樹はまた悩ましげなため息をこぼした。

「和葉を前にしてキスだけでストップ、はなかなか拷問に近いな」


一週間後。今日は芙蓉にとって、ちょっと特別な日だ。

「わぁ、かわいい！　おいしい！」

「このおむすび、古代米なんだって。ダイエットにいいらしいよ」

女性客の華やいだ声に、和葉はホッと胸を撫でおろす。

安吾と一緒に企画した和風アフタヌーンティーが今日、お披露目を迎えたのだ。

育郎は「そんなチャラチャラしたメニュー」と反対するかと思っていたのだが、意外にも大賛成だった。

『和葉は客の喜ぶものを誰よりも知っているし、安吾の作る甘味は絶対にファンがつく。ふたりで考えた案なら間違いないだろうさ。——いつまでも俺のやり方にこだわる必要はない。思うようにやってみろ』

そんな言葉で力強く背中を押してくれた。

「和葉ちゃん！　今のお客さま、次は奮発して夜のコースを食べに来るって言ってくれたわよ」

「え～。本当ですか？　うれしい！」

レジから厨房に戻ってきた登美子と、手を取り合って喜んだ。

「そうだ。登美子さん、それから安吾くんも」

奥で調理をしていた安吾も軽く振り返る。

「このあと、夜の営業が始まる前に少しいいかな？　報告があって」

育郎にはもう伝えてあるが、ふたりにはまだ妊娠の報告をできていなかった。和葉のつわりは軽いほうで今のところ仕事に大きな影響はないが、迷惑をかけることもあるだろうし、そろそろ話さなくてはと思っていたのだ。

客が帰ったあとの店内で、あらためて妊娠を告げる。

「きゃ〜、おめでとう！　これは育郎さんも絶対に元気で長生きしないとですね」

登美子が育郎を肘でつつくと、育郎もうれしそうに頬を緩ませている。

「まぁな、かわいいひ孫に俺の料理を食べてもらうまでは死ねん」

「おめでとうございます、和葉お嬢さん。早速、離乳食レシピを研究しておきますね」

安吾も笑って、そんなふうに言ってくれた。

「ねぇ。おじいちゃんは……どこまで知っていたの？　その、私と円城寺家のつながりのこと」

そういえば、初めて柾樹が芙蓉を訪れた日の夜、育郎から彼のことを聞かれたのだ。

あれは、柾樹が和葉の昔なじみだと知っていたからなのだろうか。

「和香子が亡くなって、和葉がうちで暮らしはじめて数か月が経った頃だったかな？

円城寺家の奥さまから電話をもらったんだよ。『息子を連れて、和葉ちゃんに会いに行ってもいいですか？』とな」

「お義母さんが？」

「あぁ」

けれど、和葉の記憶の混乱を恐れて育郎はそれを断ったそうだ。

「円城寺家とはそれきりだ。だから、久野さんから見合い相手の名を聞いたときは驚いたよ」

だが、円城寺家は大きな一族だし、沙月の見合い相手が、かつて電話をくれた寧々の息子とまでは育郎も想像していなかったらしい。

「円城寺は珍しい姓だから、親戚かなとは思ったが……でも、柾樹くんの和葉を見る目で気づいた。おそらく、彼は和葉を知っているんだろうなと」

なるほど、それで育郎は『なにか話したか？』と和葉に聞いたのか。

「二度目に店に来てくれたときは、少し彼と話をした。俺は今ならもう、和葉に過去を打ち明けても構わないと伝えたんだが……柾樹くんが必要ないと言ってな」

「そんなことがあったの？」

「あぁ、だから俺は和葉にちょっと嘘をついちまったな。少し前に、生前の和香子がどんな暮らしをしていたか、教えてほしいと頼まれただろ」

「うん」

柾樹の言葉から、自分たちは過去になにかのつながりがあるのでは？と気になってしまって、育郎に聞いたのだ。彼の答えは詳しくは知らない、だったが……。

「実はあのときには、円城寺家の屋敷で柾樹くんたちと一緒に暮らしていたと知ってたんだ。けど、彼に口止めされてたから……悪かったな」

育郎は優しい顔で続けた。

「彼は、思い出す、出せないで、和葉を苦しめたくなかったんだろうな。俺はあれで、この男は信頼できると確信した」

だから、あっさりと結婚も許してくれたのだろうか。そう聞くと育郎はうなずいた。

「まぁな。ふたりが結婚を決めたと聞いたときはそりゃ驚いたが、自分でも不思議なほど納得できた。柾樹くんが和葉に惚れてることは最初からわかってたし、和葉も……記憶は失っていても、なにか惹かれるものがあったんだろう？」

「……うん」

苦手なタイプだと思ったはずなのに、なぜか柾樹に視線が吸い寄せられた。あれは幼い和葉からの〝思い出して〟のメッセージだったのかもしれない。

育郎は安吾を見て、からりと笑った。

「安吾には悪いが、和葉が決めたことならそれが一番いいと思ってな」

肩をすくめて、安吾がぼやいた。

「好きだった長さだけは負けていないと思ってたのに……結局そこも完敗だったってことですね、悔しいけど」

安吾は和葉に顔を向け、言う。

「和葉お嬢さんはこれからもずっと、俺の大切な人ですから……必ず幸せになってくださいね」

「ありがとう、安吾くん、安吾くん！」

「安吾くん、いい男だもの！　きっと素敵な女性に巡り合えるわよ」

登美子の言葉に和葉も全面的に同意した。

帰宅後、芙蓉で育郎からすべて聞いたことを柾樹に報告する。

「柾樹さんの行動はすべて、私のためだったんですよね。最初は嫌な人だと思ってしまったけど……とんだ誤解でした」

ぺろりと舌を出す。

柾樹は最初からずっと、和葉のことだけを考えてくれていたのだ。彼にもらったたくさんの愛を、これからは自分も返していきたい。そう思った。

「たしかに。ナルシストだのなんだのと、散々な言われようだった」

柾樹がぼやく。

「え～っと、ナルシストに関しては誤解じゃないような……」

ふたりの明るい笑い声がリビングルームに響いた。

和葉は満面の笑みで彼に告げる。

「柾樹さん、大好きです！」

彼は心からの、幸せそうな笑顔を返してくれる。

「あぁ、俺もだ。言っておくが、俺の愛のほうが何倍も重いからな」

「えぇ〜、そんなことないですよ！　私だって」

どちらの愛がより重いか、不毛な議論をいつまでも続けた。


幸せな時間は過ぎ去るのが早い。あっという間に新年を迎えた一月上旬。

柾樹の運転する車は東京郊外を走っていた。

「新婚旅行ですか？」

助手席の和葉は彼を見て、聞き返す。

「そう。もちろん子どもが一歳を過ぎてからになると思うが、家族三人でどこか行かないか？」

まだ結婚式も終わっていないのに気が早いかもしれないが、柾樹がいろいろと考えてくれていることが素直にうれしい。

「わぁ、いいですね！　どこがいいかな？」

「せっかくだから海外かな。モナコはどうだ？」

「素敵！　でも子連れで行くには遠くないでしょうか」

赤ちゃんを連れての飛行機、それも長時間は大変そうだ。心配していると柾樹は
「問題ないよ」と首を横に振る。

「プライベートジェットを使えばいい。子どもが泣いても誰にも迷惑はかけないぞ」

和葉は目を白黒させる。

一緒に暮らしはじめてしばらく経ち、円城寺家のセレブぶりにも多少は慣れてきたと思っていたが……プライベートジェットまで所有しているとは知らなかった。

「家族旅行程度で、使っていいものなんですか？」

世界が違いすぎて、よくわからない。

「もちろん。使えるときに使わないなら持ってる意味がないしな。そんなわけで、移動の心配はいらないから、和葉の好きなところに行こう。考えといてくれ」

「はい！」

モナコも素敵だけれど、柾樹と赤ちゃんと一緒ならどこだって楽しいはずだ。

（ふふ、楽しみだな）

「車酔いはしてないか？　もうすぐ着くからな」

「はい、大丈夫です」

和葉は窓の外に視線を向けた。東京都武蔵野《むさしの》市。この辺りは都心と比べると、のどかな風景が広がっている。小さな畑などもあり、高層ビル群がないので空も広く感じられた。

この場所には望月家の、和香子の眠る墓があるのだ。ようやく休みを合わせて、柾樹と一緒に来ることができた。

墓石の前にかがみ込み、ふたりで手を合わせる。

「――お母さんのこと、やっと思い出せたよ。あんなに大切に育ててもらっていたのに……ずっと忘れてて、親不孝な娘でごめんね」

朝ごはんの定番だった玉子焼きの味、おそろいのギンガムチェックのワンピース、怒ったときの意外と怖い顔、頭を撫でてくれる温かい手。

どうして忘れていられたのか、こんなにも大事な思い出たちを――。

(私、お母さんのことが世界で一番、大好きだった)

記憶を取り戻したことを涙声で報告する和葉を、柾樹はじっと見守っている。

ふわりと優しい風が吹き、ふたりのそばを通りすぎていく。今は真冬なのに、ここだけ春が来たみたいだ。

〝そんなこと、気にしないの〟

風にのって、和香子の声が届いた気がした。

涙を拭って、和葉は笑顔を見せる。

「お母さんと約束した花嫁姿、ちゃんと見せられそうだよ。楽しみにしていてね！」

結婚式の日は晴れるといい。そうしたら、天国からもきっとよく見えるだろうから。

代わって、今度は柾樹が口を開いた。

「――和香子さん」

そう言って、懐かしそうに目を細めている。和葉は子どもの頃の彼と生前の和香子のことを思い出す。

（そういえば、お母さんのことを彼はそんなふうに呼んでいたな）

柾樹がここを訪れるのは今日が二度目だ。

籍を入れたときにも一度、一緒に来ているのだが……あのときは和葉の前でなにも知らないふりをしないといけなかったから、和香子をこう呼ぶことはできなかったのだろう。

「心配をかけた喘息は、すっかりよくなりましたよ」

その報告に和葉はクスクスと笑う。

それから、彼は表情を引き締めて真剣な声で告げる。

「和葉と本当の意味で夫婦になれました。和香子さんのぶんまで、俺のすべてを懸けて彼女を大切にすると誓います。だからどうか……ずっと見守っていてください」

目頭が熱くなって、涙があふれそうになる。

「それからね、お母さんに孫ができたよ！　お母さんに負けない、いい母親になれるように私もがんばるから！」

「育郎さんも近々、墓参りに来ると言ってましたよ。和香子さんに謝りたいそうです」

柾樹が付け加える。実は和香子が屋敷にいた当時のことを、寧々がいろいろと教えてくれて……和香子は寧々には和葉の父親のことを打ち明けていたようなのだ。

『事情があって結ばれることは叶わなかったけど、決して不貞の関係なんかじゃないと言っていましたよ』

寧々の口からそんなふうに語られて、『妻子持ちの男』だと決めつけていた育郎は驚き、反省していた。

和香子に「また来るね」と伝えて、ふたりは墓地をあとにした。手をつないで、車を停めた場所まで歩く。

「柾樹さん。お母さんを安心させてくれて、ありがとうございます」

墓前で誓ってくれた言葉、きっと和香子はうれしかったはずだ。

（すべてを懸けて……本当に有言実行してくれてるもの）

自分もすべてを懸けて彼を愛そう。心からそう思う。

「あの……私も、柾樹さんを幸せにできるように一生懸命がんばりますから！　だから、ずっと一緒にいてくださいね」

少し照れながら言う。すると、彼は白い歯のこぼれる笑顔を見せた。

「和葉と生まれてくる俺たちの子が、ただそこにいてくれるだけで……十分すぎるほどに幸せだ」

柾樹は空いているほうの手でそっと和葉の肩を引き寄せ、おなかの赤ちゃんごと優しく抱き締めた。

ただそこにいてくれるだけで幸せ、本当にそのとおりだと和葉も深くうなずいた。

エピローグ

結婚式も無事に終わり、月日は流れて七月。出産予定日から二日が過ぎた夜。

「ただいま」

「おかえりなさい！」

はち切れんばかりに大きくなったおなかを抱えて、和葉は仕事から帰宅した柾樹を出迎える。

ダイニングルームへと続く廊下を歩きながら会話する。

「体調はどうだ？」

ここ数日、ずっとそわそわして陣痛を待っているのだけれど、これがそうだと確信できるほどの痛みはまだ訪れていなかった。

「それが……前駆陣痛らしきものはあるんですけど」

前駆陣痛は陣痛の前段階のようなもので、陣痛に似た痛みがあるもののそれが規則的にはなっていない状態のことだ。

「そうか。まぁ、初産の場合は出産予定日より遅くなるほうが多いと聞くし、焦ることもないさ」

「はい。できたら、柾樹さんのお休みの日だといいですよね」

「よほどの緊急事態でなければ、和葉の陣痛がきたら抜けさせてもらえるよう頼んであるから心配するな」

出産に立ち会えるよう、いろいろ根回しをしてくれているようだ。けれど、彼のいる外科は緊急事態が日常でもあるので……現実には難しい場合もあるだろう。

和葉はもう動くのもひと苦労なので、食事は柾樹が手早く用意してくれて、ふたりで楽しく食べた。彼は食後にデザートも出してくれた。

「わぁ、おいしそう！　苺も大好きだけど、メロンも好きなんですよね」

「メロンは妊婦にオススメの果物だ。ビタミンやカリウムが摂取できるからな」

「じゃあ、たくさん食べちゃおうっと」

寧々が差し入れしてくれたメロンを食べ終えたところで、和葉は「あれ？」と首をかしげた。

「どうした？」

聞かれても、すぐには答えられない。こんな感覚は初めてで、いまいち確証が持てなかったからだ。彼はハッとした顔で席を立ち、向かいに座る和葉のところまでやってきた。和葉の背をさすりながら言う。

「もしかして、陣痛か？」

「……じゃなくて、破水。破水したかもしれないです……」

「えぇ⁉」

お産の流れは最初に陣痛があって、その後に破水というのが一般的だが、破水から始まるケースもそう珍しいことではない。病院からはそんな説明も受けていた。どうやら和葉は後者だったようだ。

「すぐに病院に連絡しよう。俺も一緒に行く」

破水から始まったことは少し驚いたけど、柾樹の帰宅後だったことは幸いだ。もしかしたら、赤ちゃん誕生の瞬間に立ち会ってもらえるかもしれない。

柾樹はかかりつけの円城寺系列の病院に電話を済ませ、準備万端で用意してあった入院用バッグを手に取る。

「俺の運転でいいよな？　明日は大きな手術もないし、あとで医局に連絡して俺も休みを取れるように――」

そう言った瞬間、胸ポケットにしまってあった彼のスマホが鳴った。和葉に断りを入れて、柾樹はそれに応答した。黒いスマホは……仕事用だ。

「そうか。いや……わかった」

落ち着いた声で答えてはいるが、表情は沈んでいる。通話を終えた彼に和葉は言う。彼が気にやまないよう、できるだけ明るい声で。

「……呼び出し、ですよね」

「あぁ。高速道路の玉突き事故で、オンコールの医師を総動員しても人手不足な状況らしい」

柾樹も頭ではどうすべきか理解しているはずだが、心は決心がつかない様子だった。和葉に「ごめん」のひと言を伝えるのをためらっている。

（もちろん柾樹さんがそばにいてくれたら、心強いけど……）

そんな思いに蓋をして、和葉は彼の背中を押す。

「ほら。のんびりしていないで早く病院に行かないと！　患者さんが待ってるんですから」

「……和葉」

にっこりとほほ笑んでみせる。

「私、医師を天職だと言った柾樹さんを本当にかっこいいなと思いました。おなかの赤ちゃんも、きっと同じです」

「すまない。落ち着いたら、すぐにそっちに駆けつけるから」

「はい。大丈夫ですよ。離れていても、柾樹さんの気持ちはちゃんと私のところに届きます」

彼が呼んでくれたタクシーに乗って、和葉は病院へと急ぐ。

(心配ない、心配ない。きっと、柾樹さんが来てくれる頃には赤ちゃんも生まれてる)

つわりも重くはなく、妊娠経過も至って順調。だから、なんとなく出産もスムーズに進むんじゃないか……そう楽観視していたが、大きな間違いだった。

病室がそのまま分娩室に変わるこの部屋に入ってもう二十時間も経ったのに、お産は思うように進まず和葉はすっかりヘトヘトになっていた。

「うぅ〜」

規則的に襲ってくる猛烈な痛みに声も枯れきって、もううなることしかできない。だんだんと意識も遠のいていく。

「あぁ！　苦しいけど、がんばって起きていて。眠っちゃうと、余計に進まなくなることが多いのよ」

口調は優しいけれど、今の和葉には無慈悲なひと言が助産師の口から告げられる。

「そ、そんなぁ〜」

（ゴ、ゴールはどこ？　あとどのくらいと教えてもらえたら、がんばれる気がするのに）

お産の進みには個人差がある。陣痛の序盤が長引く人もいれば、分娩台に乗ってから苦闘する人も……寧々に教えてもらってそれは理解しているのだが、いざ自分のことなると焦りや不安にさいなまれる。この苦しみが永遠に続くような気がして、弱気になってしまう。

（や、やっぱり柾樹さんにそばにいてもらえばよかったかも……。いやいや、なに考えてるの！）

慌てて自分を叱りつける。彼の背中を押したのは和葉自身だ。

『離れていても、柾樹さんの気持ちはちゃんと私のところに届きます』

そう伝えたときの気持ちを、あらためて思い出した。

（しっかりしなきゃ！　私ががんばらないと、患者さんのもとへ向かった柾樹さんがその選択を後悔することになっちゃうもの）

医師の彼を、妻として支えていくと誓ったはずだ。

（私たちの赤ちゃんも、きっと今、必死にがんばってくれている。私が弱音を吐いて

いる場合じゃないわ）

「あ！　いい感じよ」

モニターを見つめる助産師さんが明るく伝えてくれる。

「で、ですよね。今、ものすごい痛みが……」

お産が進む＝痛みが強くなるということだ。苦しいけれど、この痛みが赤ちゃんをこの世に誕生させてくれるのだと思えば、がんばれる気がした。

「あぁ、でもやっぱり痛い！　ものすごく痛いです～」

「痛くならないと、いつまでも赤ちゃんに会えないからね。耐えるしかないのよ！」

ベテランの貫禄がある、彼女の励ましは心強かった。

お産はようやく進みはじめたようで、これまでより一段強い痛みに変わり、かつ間隔もはっきりとわかるほどに短くなった。ゴールが近いことが本能的にも感じ取れる。

そろそろ分娩の準備を……というときに、柾樹が病室に飛び込んできた。

「和葉っ！」

「あ、柾樹さん……」

助産師が彼に状況を説明する。

「間に合ってよかったですね。ちょうど今から分娩に入りますよ」

柾樹は枕元に歩み寄り、腰をかがめた。和葉の手をギュッと握り、汗ばんだ額を拭ってくれる。

「遅くなって悪かった。想像以上に運ばれてくる患者の人数が多くて……だが、全員助けてきたぞ。和葉のおかげだ」

「遅くないですよ。ベストタイミングです」

気力をかき集めて笑顔を見せた。

(もしかしたら、赤ちゃんも柾樹さんの到着を待っていたのかも)

対面の瞬間を、彼と一緒に迎えられることが本当にうれしい。

「――がんばれ、和葉」

祈るような柾樹の声に支えられて、最後の力を振り絞る。

「……ふ、ふぎゃ。ふぎゃ～」

分娩室にびっくりするほど大きな産声が響き渡った。

「まぁ！ すっごく元気な赤ちゃんだわ」

助産師の言葉に、和葉と柾樹はほほ笑みを交わし合う。

「ありがとう、和葉」

「はい。やっと会えましたね、紗和《さわ》に」

ふたりは娘に『紗和』と名づけた。女の子だったので、和香子と和葉の『和』の字を受け継いでもらうことにしたのだ。

身体を綺麗にしてもらった紗和が和葉のもとへ帰ってくる。初めて我が子を抱く両手は、緊張と興奮に震えていた。

「わ、わぁ～」

指や爪の小ささに驚く。抱きつぶしてしまわないかとビクビクしてしまう。

「あったかい。かわいいなぁ……」

小さくても、しっかりと体温があって、よく見れば鼻がヒクヒクと動いている。自分と柾樹の赤ちゃんが、たしかにここに存在しているのだという事実に目頭が熱くなる。

「絶対にこの子を幸せにしましょうね！」

涙ぐむ瞳で彼を見る。

「ええ、柾樹さん⁉」

和葉は思わず声をあげた。なぜなら、彼が自分よりよほど大粒の涙をポロポロとこぼしていたからだ。柾樹がこんなに涙脆《もろ》いタイプとは意外だった。

「人生で……こんなに感動したのは初めてかもしれない」

「──私も。はい、柾樹さんも紗和を抱いてあげてください」

抱っこを彼と代わる。紗和はまだほとんど目も開いていないけれど、面差しがどこか柾樹に似ているように思う。

「柾樹さんとよく似てる」

「そうか？　俺は口元が和葉に似て、かわいいと思ったが」

「本当ですか？　じゃあ、どっちの要素も少しずつ受け継いでいるのかも」

和葉は顔をほころばせた。

「あぁ。成長が楽しみだな」

「はい！　どんな女の子になるのかな？　この子も素敵な恋をする日が来るのかな」

ほほ笑む和葉とは対照的に、柾樹は複雑そうな顔でぼやく。

「それはまだ……当分、考えたくもないな」

過保護な父親に、という唄菜の予想は当たっていたようだ。

「あはは。あんまり口うるさくしすぎると、嫌われちゃいますよ」

口ではそう言ったけれど、きっと紗和も柾樹が大好きになるだろうなと思った。

(だって、こんなに素敵なパパ、そうはいないよね！)

紗和から和葉に視線を移して、彼は不敵に笑う。

「まぁ……紗和のことは……いつか、本当にいつかだが、送り出さないといけない日が来るんだろうなと覚悟はしてる。けど――」

彼は顔を寄せ、コツンと額をぶつけた。

「和葉のことは絶対に放してやらないから、覚悟しておけよ」

「ふふ。その台詞、そのままお返しします。私も、なにがあっても柾樹さんと離れる気はないですから」

ふたりの願いは同じで、ただひとつだけだ。

永遠《とわ》にともに――。

特別書き下ろし番外編

蜜月旅行

出産から一年が過ぎた、夏。

「こ、これがプライベートジェット！」

紗和を抱っこして機体に足を踏み入れた和葉は、目の前に広がる光景を呆然と見つめた。広々としたボックス席の横にはバーカウンターのような設備がついている。ホテルのスイートルームさながらの、ラグジュアリーでキラキラした空間はまぶしいくらいだった。

「乗ったことはなくても、映画とかで見たことあるだろう？」

あとに続いて乗り込んできた柾樹がクスクス笑いながら言う。

「スクリーンのなかと現実は違いますよ！　私、ファーストクラスも未経験なのに、それを飛びこえていきなりプライベートジェットだなんて……」

おまけに、今から向かう先は『地中海の宝石』と呼ばれるモナコだ。この一年間、育児だけに奮闘してきた身からすると、贅沢すぎて怖いくらい。

（柾樹さんはシッターを雇ってもいいと言ってくれるけど、紗和は私にべったりだか

ら、あんまり意味がなさそうなんだよね）

「まー、まー」

胸のなかの紗和が、小さな手で和葉の顔をペタペタと触る。

（それに、やっぱり紗和がかわいい！　もし万が一にも、私よりシッターさんに懐いてしまったらショックすぎる）

紗和がべったりだから……は建前で、本当は自分が紗和と片時も離れたくないのだ。

「ほら、そろそろ座れ」

柾樹のエスコートでふかふかのソファに腰を落ち着ける。紗和はいつだって、和葉の膝の上が定位置だ。

「きゃ～」

いつもと違う雰囲気が楽しいのか、はしゃいだ様子だ。最近、少しずつ言葉も覚えはじめて、簡単なコミュニケーションが取れるようになってきた。

「すごいね、紗和。パパ、石油王みたいだよ～」

「石油王って……プライベートジェットにどんなイメージを持ってるんだよ」

柾樹は苦笑する。

「初めての家族旅行ですね！」

満面の笑みで、和葉は言った。

実は紗和が六か月になったときに、お祝いをかねて温泉旅行の計画を立てたのだが……当日に紗和が高熱を出し、キャンセルせざるを得なくなってしまった。

なので、和葉はこの旅行をとても楽しみにしていた。もちろん、それは柾樹も同じだったようだ。

「あぁ。それに、俺たちの新婚旅行でもあるからな」

結婚式だけはなんとか安定期にあげることができたが、新婚旅行は行けずじまいだったのだ。

「はい！　めいっぱい楽しませてもらうつもりです。ね、紗和？」

彼女の顔をのぞき込むと、話が通じたのか「あい！」という元気な答えが返ってきた。

モナコには円城寺グループが経営しているスパ＆リゾートがある。柾樹と和葉が初めてのデートで訪れた、葉山の施設の海外版だ。

「そういえば、葉山でデートしたときにも新婚旅行で行こうって言ってくれましたよね」

彼から契約結婚を持ちかけられたばかりの頃だ。正直、あのときは結婚そのものにも半信半疑の状態だった。

「まさか実現しちゃうとは！」

クスリと笑うと、柾樹は得意げな顔をする。

「俺はあの頃から、絶対に実現させるつもりだった」

モナコまでは半日ほどの空の旅だ。

長くて紗和がぐずってしまうかと心配していたのだが、本当に自室にいるようにくつろいで過ごせたので、思っていたよりあっという間に到着した。

「わぁ～！　ここがモナコ……」

澄んだ空に紺碧の海。都会的で洗練された街並みが続き、港には豪華客船やクルーザーがずらりと並ぶ。カジノやモータースポーツで有名なこの地を、和葉が訪れるのはもちろん初めてだ。

「道行く人がみんなセレブに見えます」

紗和を抱っこする柾樹と並んで歩きながら、ついキョロキョロしてしまう。

「まぁ、実際にモナコは富裕層の多い国だしな。よ～く探せば、ハリウッドスターがいたりするかもな」

柾樹は笑う。白い歯のこぼれる爽やかな笑顔に胸がときめく。

（ハリウッドスター並みに素敵な人がたくさん歩いているけれど……やっぱり柾樹さんが一番かっこいいなぁ）

妻の贔屓目を抜きにしても、彼はこの街にしっくりとなじみ、誰よりも華やかなオーラをまとっているように見える。実際、すれ違う美女たちがチラチラと柾樹を振り返っている。

（うっ、海外の女性は積極的とよく聞くよね）

むくむくと嫉妬心が湧きあがる。周囲にアピールするように、ぴたりと彼に身体を寄せた。

「ん？　どうした？」

「し、新婚旅行ですし……」

（少しくらい、ラブラブ感を出してもいいよね！）

「――あぁ、たしかにそうだな」

もしかしたら、和葉の思惑に気がついたのかもしれない。彼はにっこりと笑って、顔を近づけてきた。

「なら、このくらいはしたほうがいいだろう」

「え？」

長身の彼に合わせるために目線をあげると、いきなり甘いキスが降ってきた。唇が解放されると、和葉は真っ赤な顔で叫ぶ。

「ま、街なかで、なにしてるんですか⁉」

生まれも育ちも日本、の和葉にとってキスは人目のない場所でするものだ。

「郷に入っては郷に従え、ってやつだ」

柾樹はけろりと受け流す。たしかに、こちらの人にはキスはあいさつ代わりなのかもしれないが……。

「で、でも紗和の前ですし」

「両親が仲良しで紗和もうれしいよな？」

彼が問いかける。わかっているのか、いないのか、紗和はキラキラした瞳でふたりを見て、こっくんと大きくうなずいた。

「ほら。紗和は俺に賛成だって。ありがとう」

満足そうな顔で、紗和の頬にもキスをしている。

「もうっ」

頬を膨らませてみたが、内心では彼の愛情表現をうれしく思っていた。

柾樹は既婚者になっても、あいかわらずモテモテで……だからこそなのだろう。和葉を不安にさせないよう、いつだって最大限の愛情を注いでくれる。

いくつか観光地を巡り、歩き疲れたので、オープンカフェでお茶をすることにした。

「う～ん、絶対に呼び出しがこないという解放感は最高だな」

柾樹は大きく伸びをしながら、しみじみとつぶやいた。

「ふふ。こんなに長く病院に行かないのは久しぶりなんじゃないですか？」

外科は常に忙しいので、休日に呼び出しがかかることもしょっちゅうだ。今回のように長い休みはめったに取れない。

「結婚式の翌日も朝から手術だったし、紗和が生まれるときだって呼び出しに応じたんだ。たまにはいいだろう」

「そうですよね！」

和葉にとっても、家族水入らずの時間は本当にうれしいことだ。三人で楽しい思い出をたくさん作って帰りたいとあらためて思った。

ふたりぶんのアイスラテと紗和の林檎ジュースを運んできてくれたのは、ラテン系の美青年だった。サービス精神旺盛のようで、紗和に声をかけ遊んでくれている。

紗和はすっかり彼を気に入った様子で、去っていく後ろ姿を名残り惜しそうに見ていた。

「紗和、面食いだね～」

和葉が顔をのぞき込むと、「きゃ～」と楽しそうな声をあげる。

そんなふたりとは対照的に柾樹はムスッとする。

「男は顔じゃないぞ。それに、海外暮らしはなにかと心配だし……」

「そんな真剣に悩まなくても……。紗和、まだ一歳になったばかりですよ？」

気が早すぎる心配に、苦笑を漏らした。


それから、昼過ぎにはモナコの円城寺スパ＆リゾートに到着した。

以前に彼が話していたとおり、ロビーにも和のテイストがふんだんに取り入れられ、居心地のいい空間が広がっていた。黒と抹茶色を基調にした渋めのインテリアだ。

「〝禅〟をテーマにしてるんだ」

「たしかに！　そんな雰囲気ですね」

禅は世界でも人気が高いと聞いた覚えがある。

葉山の施設に行ったときは日帰りだったけれど、今回はゆっくり三連泊の予定だ。水着も持ってきているので、このあとはプール遊びを予定している。

豪華な部屋に荷物を置いて、すぐにプールにやってきた。

「わぁ！　ここも海が目の前なんですね」

葉山のプールと造りは似ている。

インフィニティ記号の形をした大きなプールからは、モナコの絶景が望める。隣に子ども用プールもあるので、紗和を遊ばせるのも安心だ。

赤いギンガムチェックの水着に髪をツインテールにした紗和は、我が子ながら世界一かわいい。

「紗和～。その水着、すっごく似合う！　最高！」

「うん！　紗和は赤が似合うな」

夫婦そろって親馬鹿ぶりを発揮して、はしゃいでしまった。

紗和も大きなプールがうれしいのか、水面をパシャパシャと叩いて「わーお」とかわいすぎる声をあげている。

周囲には和葉たち以外にも、数組のカップルやファミリーがいた。

（さすが外国。みんな水着姿が色っぽいなぁ）

おばあちゃんと呼んでもよさそうなマダムも、セクシーな黒いビキニをかっこよく着こなしていた。

もちろん隣にいる柾樹も、鍛えあげられた肉体が色気たっぷりだった。

自分の水着に視線を落とす。紗和とおそろいで……と一緒に買ったチェックのビキニ。赤はさすがに子どもっぽいだろうとネイビーを選んだが、この場にいるとやっぱり女性らしさが足りない気がしてくる。

「どうした？」

尋ねられ、正直に答えた。

「もうちょっと、大人っぽい水着にすればよかったかな～なんて」

すると、彼は即座にこう言ってくれた。

「ものすごく俺好みだから、なにも問題はない。それに――」

グッと身体を寄せて、彼が耳打ちする。

「俺の目には十分すぎるほど色っぽいしな」

和葉の顔がかあっと赤く染まる。

「あぁ、そういう表情もたまらない」


夜。プール遊びがよほど疲れたのか紗和はぐっすり眠ってしまった。一歳を過ぎた辺りからは夜泣きもぴたりと落ち着き、朝までよく寝てくれるようになっていた。

なので、柾樹と和葉は一緒に部屋つきの風呂に入ることにした。

広々としたバスタブに張られたお湯に、背中から彼に抱かれるようにして浸かる。

「気持ちいい～。バスルームもどことなく和風なんですね」

きちんとバスタブがあるし、内装は日本の温泉を思わせる。

「最近は海外にも湯船に浸かることの健康効果が伝わっているようで〝温泉〟は大人気だ」

「へぇ、そうなんですね。――ふふ」

自然と顔がにやけてしまう。

(ふたりきりでゆっくり、本当に久しぶりだなぁ)

「なんだよ、ニヤニヤして」

「すごく楽しくて、幸せだなぁと思って。明日もあさっても柾樹さんがお休みで、一緒に過ごせるなんて！」

「――また、そんなかわいい発言を……。俺を誘惑しているとしか思えないな」

和葉はくるりと身体を反転させ、彼の耳元に顔を寄せる。

「そのとおりです、って言ったらどうしますか？」

柾樹は驚いたように目を見開き、それからニヤリとした。

「そういうことなら、おいしくいただこうかな」

ゆっくりと、唇が合わさる。

激しく、甘く、彼は和葉を溶かしていく。

「ずっと、こうしていたい……」

こぼれた和葉の願いに、彼は大きくうなずいた。

「了解。ご要望どおり、たっぷりと抱いてやるから覚悟しておけよ」

彼の両腕が和葉の背中に回る。覆いかぶさるようにきつく抱き締められた。

首筋に熱い唇が押しつけられ、艶めいた声が漏れる。大きな手がおなかを撫で、胸元へとあがってくる。

彼の指先が動くたびに、呼応するように背中がしなる。

「はっ、んん」

「和葉のその声、理性が飛ぶ」

密着する素肌から彼の熱が伝わってきて、身体が昂っていく。

「私もっ。柾樹さんに触れてもらうと、気持ちよくて……とろけてしまいそう」

唇が重なって、どちらからともなく舌を絡ませる。

「和葉。和葉――」

熱い吐息交じりの声が、バスルームに立ち込める湯気のなかに消えていく。

「柾樹さんっ」

名前を呼び合うだけで、互いの思いは十分に伝わる。自分たちの間には、大きな大きな愛がたしかに存在していて……幸せで、瞳が潤んだ。

もう言葉はいらない。和葉は彼の逞しい胸にその身を委ねた。

END

あとがき

本書をお手に取っていただき、ありがとうございます。一ノ瀬千景です。

恐れ多くも、『財閥御曹司シリーズ』第四弾を担当させていただきました。初めて担当さまからお話を聞いたときは、まず最初に「人違いでは?」と思ったほどです。そのくらい、私にとってベリーズ文庫のシリーズ作品は憧れの存在でした。〝一生に一度の思い出。私がこの世を去るときには、一緒に棺に入れてもらおう〟という気持ちで、図々しく引き受けることに!

円城寺家の医療財閥という設定は担当さまの発案です。日本ではあまり聞きませんが、タイに実在するそうです。つまり今作は……架空の日本が舞台になっています。これまでの作品はセレブなヒーローといっても、ある程度現実的なラインを考えていましたが今回はまるっと無視することに。そうして誕生したのが外科医にして、世界的財閥の御曹司でもあるという無敵のハイスペックヒーロー、柾樹です。

彼は俺さまヒーローの設定で書きはじめたのですが、書き終わってみればおもしろナルシストキャラになっていました。自信満々の台詞の数々を考えるのが、とても楽しかったです。

ヒロインの和葉は元気いっぱい、チャキチャキした江戸っ子のイメージです。よく動いてくれるふたりのおかげで、こんなに早く書きあがったのは初めてかもしれないと思うほど安産だった作品です。

かつてはヤンチャだったけどすっかり紳士になった安吾くん、頑固な職人肌のおじいちゃん、そして柾樹以上に自信家な柾樹ママ、脇役たちも気に入っています。

美麗なカバーイラストは白崎小夜先生が描いてくださいました。シリーズすべて並べて、ニマニマしています。

素敵なアイディアをくださった担当さまをはじめ、本書の刊行にご尽力いただいたすべての方に、あらためて御礼申しあげます。そしてなにより、読んでくださったみなさま、本当にありがとうございました！

錚々たる作家さまとご一緒させてもらった『財閥御曹司シリーズ』、今さらながら緊張と不安で心臓がバクバクしているところです。もしよろしければ、レビューや感想などいただけると泣いて喜びます！　何卒、よろしくお願いいたします。

一ノ瀬《いちのせ》千景《ちかげ》

一ノ瀬千景先生への
ファンレターのあて先

〒104-0031
東京都中央区京橋1-3-1
八重洲口大栄ビル7F
スターツ出版株式会社　書籍編集部　気付

一ノ瀬千景先生

本書へのご意見をお聞かせください

お買い上げいただき、ありがとうございます。
今後の編集の参考にさせていただきますので、
アンケートにお答えいただければ幸いです。

下記URLまたはQRコードから
アンケートページへお入りください。
https://www.berrys-cafe.jp/static/etc/bb

S系外科医の愛に堕とされる激甘契約婚
【財閥御曹司シリーズ円城寺家編】

2023年7月10日　初版第1刷発行

著　　者　一ノ瀬千景
©Chikage Ichinose 2023

発 行 人　菊地修一
デザイン　カバー　hive & co.,ltd.
校　　正　株式会社鷗来堂
編集協力　森岡悠翔
編　　集　須藤典子
発 行 所　スターツ出版株式会社
〒104-0031
東京都中央区京橋1-3-1　八重洲口大栄ビル7F
TEL　出版マーケティンググループ　03-6202-0386
（ご注文等に関するお問い合わせ）
URL　https://starts-pub.jp/
印 刷 所　大日本印刷株式会社

Printed in Japan

乱丁・落丁などの不良品はお取替えいたします。
上記出版マーケティンググループまでお問い合わせください。
定価はカバーに記載されています。

ISBN 978-4-8137-1452-1　C0193

ベリーズ文庫 2023年7月発売

『S系外科医の愛に落とされる激甘契約婚【財閥御曹司シリーズ円城寺家編】』 一ノ瀬千景《いちのせちかげ》・著

医療財閥の御曹司で外科医の柾樹と最悪な出会いをした和葉。ある日、料亭を営む祖父が店で倒れ、偶然居合わせた柾樹に救われる。店の未来を不安に思う和葉に「俺の妻になれ」──突如彼は契約結婚を提案し…!?　俺様な彼に恋することはないと思っていたのに、柾樹の惜しみない愛に甘く溶かされていき…。

ISBN 978-4-8137-1452-1／定価726円（本体660円＋税10%）

『捨てられ傷心秘書だったのに、敏腕社長の滾る恋情で愛され妻になりました【憧れシンデレラシリーズ】』 高田《たかだ》ちさき・著

社長秘書の美涼は、結婚を目前にフラれてしまう。結婚できないなら地元で見合いをするという親との約束を守るため、上司である社長の要に退職願を提出。すると、「俺と結婚しろ」と突然求婚されて!?　利害が一致し妻になるも、要の猛溺愛に美涼は抗えなくて…！　憧れシンデレラシリーズ第1弾！

ISBN 978-4-8137-1453-8／定価726円（本体660円＋税10%）

『愛に目覚めた外交官は双子ママを生涯一途に甘やかす』 若菜《わかな》モモ・著

会社員の和音は、婚約者の同僚に浮気されて会社も退職。その後、ある目的で向かった旅先でエリート外交官の伊吹と出会う。互いの将来を応援する関係だったのに、紳士な彼の情欲が限界突破！　隅々まで愛し尽くされ幸せを感じるものの、身分差に悩み身を引くことに。しかし帰国後、双子の妊娠が発覚し…!?

ISBN 978-4-8137-1454-5／定価726円（本体660円＋税10%）

『冷徹御曹司の剥き出しの渇愛～嫁入り契約した薄幸OLが幸せになるまで～』 夏雪《なつゆき》なつめ・著

実家へ帰った紬は、借金取りに絡まれているところを老舗呉服店の御曹司・秋人に助けられ、彼の家へと連れ帰られる。なんと紬の父は3000万円の借金を秋人に肩代わりしてもらう代わりに、ふたりの結婚を認めたという！　愛のない契約結婚だったのに、時折見せる彼の優しさに紬は徐々に惹かれていき…!?

ISBN 978-4-8137-1455-2／定価726円（本体660円＋税10%）

『天才ドクターは懐妊花嫁を滴る溺愛で抱き囲う』 蓮美《はすみ》ちま・著

恋愛経験ゼロの羽海はひょんなことから傍若無人で有名な天才外科医・彗と結婚前提で同居をすることに。お互い興味がなかったはずが、ある日を境に彗の溺愛が加速して…!?「俺の結婚相手はお前しかいない」──人が変わったように甘すぎる愛情を注ぐ彗。幸せ絶頂のなか羽海はあるトラブルに巻き込まれ…

ISBN 978-4-8137-1456-9／定価726円（本体660円＋税10%）